August von Kotzebue

Die Indianer in England

Ein Lustspiel in drei Aufzügen

August von Kotzebue

Die Indianer in England
Ein Lustspiel in drei Aufzügen

ISBN/EAN: 9783743332911

Hergestellt in Europa, USA, Kanada, Australien, Japan

Cover: Foto ©Andreas Hilbeck / pixelio.de

Manufactured and distributed by brebook publishing software (www.brebook.com)

August von Kotzebue

Die Indianer in England

Die Indianer in England.

Ein Lustspiel
in drei Aufzügen.

Von
August von Kozebue.

Mainz,
im Verlage der herausgebenden Gesellschaft,
1790.

Personen.

Sir John Smith, ein Podagrist, vormals ein reicher Kaufmann.
Mistris Smith, seine Frau, ein deutsches Fräulein von Geburt.
Samuel, Zollinspektor, ⎫
Robert, Schiffkapitain, ⎬ seine Söhne.
Liddy, seine Tochter.   ⎭
Kaberdar, vertriebener Nabob von Mysore.
Gurli, seine Tochter.
Musaffery, sein alter Gefährte.
Fazir, ein junger Indianer.
Ein Zollvisitator.
Ein Bootsknecht.
Zween Notarien.
Ein Knabe.

Die Scene ist in einer englischen Seestadt in Sir Johns Hause.

Erster Aufzug.

Ein Saal mit einer Mittel- und zwei Seitenthüren.

Erster Auftritt.

Sir John.

(Der podagrische Sir John auf einem Stuhle mit Rädern, sein krankes bewickeltes Bein vor sich ausgestreckt. Libby sitzt neben ihm und liest ihm die Zeitungen vor.)

S. John. Au weh!

Libby. Schon wieder Schmerzen?

S. John. Nicht anders als ob ein Pulk Baschkieren in jedem Fußzeh wirthschaftete.

Libby. Armer Vater!

S. John. Gute Libby!

Libby. Wer doch helfen könnte!

S. John. Auch dieser Wunsch ist schon Arzenei. Du bist ja das einzige Geschöpf hier im Hause, das meinen kranken Vater pflegt, und meine

meine kranke Seele mit einem guten Wunsche erquickt.

Liddy. Nicht doch! —

S. John. Ja doch! ja doch! Sieh, ich gebe Dir das Zeugniß vor Gott, Du bist der einzige Trost meines kränklichen Alters.

Liddy. Sie vergessen, daß Sie Söhne haben.

S. John. Söhne? Nun ja. Ich Thor murrte mit der Vorsicht, als mir vor achtzehn Jahren eine Tochter geboren wurde. Söhne wollt' ich haben, Söhne! rasche flinke Bursche! die dacht' ich, sind leichter versorgt, helfen sich besser durch die Welt — ja, ja, Sie helfen sich durch, und lassen den armen kranken Vater im Stiche. Da ist der Samuel.

Liddy. Seine viele Geschäfte —

S. John. Pfui! Dankbarkeit gegen Vater und Mutter soll das erste Geschäft eines Kindes sein. Samuel ist ein Schleicher; und der Robert —

Liddy. (mit vieler Theilnahme) Nun der Robert, lieber Vater?

S. John. Dein Auge glüht, wenn ich ihn nenne. Nun ja der Robert ist besser als sein Bruder, aber er ist ein Wildfang.

Liddy. Er liebt Sie so zärtlich.

S. John. In einer Entfernung von tausend Meilen hab ich den Henker von seiner Liebe. Da

freut

Ein Lustspiel.

kreuzt er auf unbekannten Meeren, von einem
Welttheil zum andern, indeſſen mir das Podagra
durch alle Glieder kreuzt.

Liddy. Wahrlich nur um Ihrentwillen läßt er
ſichs ſauer werden. Vielleicht kömmt er nun bald
zurück. Ich ſehe jeden Morgen nach der Wind-
fahne, und wenn er nun mit einer reichen Ladung
zurückkehrt, wenn er unſre Armuth in Wohlſtand
verwandelt. — Sie ſehn, Sie lieber Vater! das
vermag ein Sohn, die Tochter muß zu Hauſe
ſitzen, kann nichts thun, als ihren kranken Vater pflegen.

S. John. O das iſt mehr, als wenn mir Robert die Leckerbiſſen beider Indien zuführete. Gute
Liddy! wenn Dein ſanftes Auge ſo theilnehmend
mit mir ſpricht; ich kann Dir nicht beſchreiben, wie
wohl das thut. — Du denkſt wohl manchmal,
der Vater ſchlummert, wenn ich ſo mit geſchloſ-
ſenen Augen auf meinem Seſſel ſitze? — Nein
Liddy, der Vater betet für Dich!

Liddy. Wie ſüß belohnend iſt dieſer Augenblick! (ſie küßt ſeine Hand) Ihren Segen mein Vater! — (ſie kniet nieder an ſeinem Stuhl)

S. John. (legt die Hand auf ſie) Gott, ſegne
Dich! und möchte die Natur mir nur noch ſo
lange das Leben friſten, um dieſen meinen herz-
lichen Vaterſegen in Erfüllung gehen zu ſehen!
Gott ſegne Dich!

A 3 Liddy.

Die Indianer in England.

Liddy. Und meinen Bruder Robert —

S. John. Auch ihn! —

Liddy. Und meinen Bruder Samuel.

S. John. Ich fluch ihm nicht.

Liddy. Ber Ihren Segen —

S. John. Er hat den Segen der Mutter.

Liddy. Lieber Vater!

S. John. Nun wohl denn! ich segne ihn! aber nicht als Vater, sondern als Christ. Steh auf.

Liddy. Unseliger Parteigeist in so einer kleinen Familie.

S. John. Wer trägt die Schuld! Deine Mutter! Wer quält mich armen Mann vom Frühstück bis zum Abendbrod? Wer wirft mir meinen unverschuldeten Bankerot bei jedem kargen Bissen vor? Wer verachtet meine gute bürgerliche Herkunft und brüstet sich mit deutschen Ahnen? Wer läßt mich darben? Wer schwatzt unsern Miethsleuten das Geld ab, und verpraßt die schmalen Einkünfte, welche der Besitz dieser Häuser mir noch übrig ließ? Hast Du es gehört, wie ich gestern Abend um eine Pfeife Knaster, und eine Kanne Porter bath? — Samuel fuhr mit Deiner Mutter in die Komödie, und ich mußte meinen Appetit verschlummern.

Liddy. Bester Vater! es soll Ihnen heute an nichts mangeln.

Ein Lustspiel.

S. John. Gute Liddy! Möchte doch irgend ein braver wohlhabender Mann Dich kennen, wie ich Dich kenne! möcht er Dir seine Hand bieten! dann zög ich mit zu Dir, und ließe mich von Dir zu Tode füttern (etwas leise auf die Thür gegen über deutend) der fremde Mann scheinet Wohlgefallen an Dir zu finden.

Liddy. (betroffen). An mir?

S. John. So scheint es. Nun er ist nicht jung mehr, aber bieder, und Dein Herz ist ja frei?

Liddy. (verlegen) Mein Herz ist frei.

S. John. Sieh, das wäre eine Versorgung für Deinen alten Vater. Nun wir wollens der Zeit und dem Schicksal anheim stellen. — Au weh! da zieht mirs schon wieder von der Fußsohle bis in den Schenkel.

Liddy. Das viele Reden greift Sie an (das Zeitungsblatt ergreifend) soll ich fortfahren?

S. John. Thue das. Vielleicht gelingt es mir, ein wenig zu schlummern.

Liddy. Aber thäten Sie dann nicht besser, wenn Sie sich nach Ihrem Zimmer fahren ließen? Hier ist ja ein ewiges laufen, ein ewiges Thürenschlagen, bald hier bei uns, bald dort auf der Seite der Fremden.

S. John. Nein Liddy, ich bleibe hier im Vorsale, denn dort keift mir deine Mutter den Schlaf von den Augen. Was ists dann nun mehr? Laß sie laufen, und Thüren schlagen, so viel sie wollen; man kann sich an alles gewöhnen, nur nicht an die Stimme eines zänkischen Weibes.

Liddy. (liest) Paris den 16 Januar.

S. John. Oder noch besser liebe Liddy! setze Dich an Dein Klavier, spiele oder sing mir was vor, dabei entschlummert man so süß.

Liddy. Recht gern (sie setzt sich ans Klavier und spielt oder singt so lang, bis sie sieht, daß der Alte eingeschlafen ist, dann steht sie auf) Er schläft! sanft sei Deine Ruhe, und heiter Dein Erwachen! Nun geschwind! — Tom wird schon lange auf der Lauer stehen (sie schleicht an ein Fenster und winkt und pßtet) Er versteht mich schon (sie kömmt zurück und sucht aus ihrem Nähbeutel ein Paar fertige Manschetten vor) Wenn nur die Mutter mich nicht überrascht oder Samuel, der mißtrauische Frager (nach dem Vater hinschielend) oder wenn gar der Vater erwachte — o weh! — da wär ich in schöner Verlegenheit.

Zweiter Auftritt.

Ein Knabe. Die Vorigen.

Liddy. (ihm auf den Zehen entgegen schleichend) St! sachte! der alte Herr schläft.

Der Knabe. Habt mich verzweifelt lange warten lassen, schöne Miß!

Libby. Nun, nun, sollst einen Halfpence mehr dafür haben. Da nimm ein Paar Manschetten.

Der Knabe. Wieder verkaufen?

Libby. Freilich.

Der Knabe. Wie theuer?

Libby. Drei Kronen ist der genauste Preis. Ich habe fünf Nächte daran gearbeitet.

Der Knabe. Darnach fragt der Käufer nicht. Wenns nur fein ins Auge fällt; ob fünf Nächte oder fünf Minuten daran gearbeitet wurde, das ist ihm gleichviel.

Libby. Plaudere nicht so viel, der alte Herr möchte erwachen.

Der Knabe. Nun ich gehe schon.

Libby. Warte! ich habe Dir noch mehr zu sagen: Wenn Du nun die Manschetten verkauft hast, so gehst Du mit dem Gelde zu unserm Nachbar dem Gewürzkrämer Williams und kaufst ein Pfund vom besten Knaster.

Der Knabe. Wohl!

Libby. Dann holst Du auch aus der Taverne unten an der Ecke ein Maaß guten Porter; und wenn Du alles beisammen hast, so stellst Du Dich wieder auf die Lauer, biß ich Dir winke.

Der Knabe. Ich verstehe.

Libby.

Libby. Nun lauf.

Der Knabe. Gott behüt Euch schöne Miß.
(Geht ab.)

Libby. Guter Vater! Deine Wünsche sind so bescheiden, so eingeschränkt — Geschwind wieder an die Arbeit! (sie zieht ein Nähzeug hervor) Es ist so süß, für einen Vater zu arbeiten, und es geht so flink von der Hand.

Dritter Auftritt.

Samuel, mit Hut und Stock. Vorige.

Libby. Guten Morgen Bruder!

Samuel. Guten Morgen (für sich) Hm! Hm! Ich habe doch noch wohl alles verschlossen? Ich muß nur nachsehen — Da ist der Schlüssel zur Schatulle, da der zum Coffre, der zum Klavier, der zum Schrank — alles richtig! (will fort)

Libby. Das Wichtigste, fürcht' ich, hast Du vergessen.

Samuel. Das Wichtigste? ich? — Was kann das sein? Antwort?

Libby. Dein Herz mein Lieber! Es kömmt mir vor, als wenn die junge Indianerinn hier im Hause Dir den Schlüssel dazu gestohlen hätte.

Samuel. Mach Dir keine Sorgen! — Es ist schon wahr, ich empfinde so was — aber ich seh

auf

auf meiner Hut. Ich habe auf jeden Fall die gehörigen Vorkehrungen getroffen.

Liddy. Vorkehrungen gegen die Liebe? — Es laß doch hören!

Samuel. (bedeutend) Findest Du etwa für nöthig, Gebrauch davon zu machen?

Liddy. (verlegen) Ich? —

Samuel. Ja, Du. Meinst Du, ich erriethe Dich nicht? Der junge Narr von Indianer, den unser Bruder Robert auf der See mit herumschleppt, und dessen Schicksal er so geheimnißvoll verschweigt — im Vertrauen, der junge Laffe hat das Herz meiner Schwester Liddy mit auf Reisen genommen.

Liddy. Du nennst ihn einen Narren, einen Laffen? und Liddy soll sich in ihn verliebt haben?

Samuel. Doch, doch! Sie hat sich vom Teufel blenden lassen. — Sieh nur Schwester! wenn man des Tages wohl zwanzigmal ans Fenster läuft, um zu sehen, ob der arme Bursche auch guten Wind hat. —

Liddy. Nun das thu ich um Bruder Roberts willen.

Samuel. Bruder Robert hat vorher auch schon manche Reise gemacht, und Schwester Liddy hat sich nie so jämmerlich geberdet, als das lezte mal. Aber unterbrich mich nicht. Wenn man ferner roth wird, so oft dieser oder jener einen gewissen Namen

Namen außspricht; wenn man eine gewisse Silhouette in seinem Taschenbuch mit sich herum trägt; so frag ich: ist das Liebe? Antwort: ja!

Liddy. Und ich frage: Wenn man seiner Schwester Taschenbuch ohne Erlaubniß nachsucht; ist man denn ein Spitzbube? Antwort: ja!

Samuel. Wer kann dafür, wenn andere Leute mit ihren Taschenbüchern nicht so aufrichtig umgehen, als ich mit dem Meinigen?

Vierter Auftritt.

Mistriß Smith. Die Vorigen.

M. Smith. Sehr nobel! wahrhaftig, wenn des Mittags die Tafel servirt ist, dann schwärmen sie alle herbei; wie die Wespen, aber wenn ich des Morgens ein Gebetbuch in die Hand nehme, um mich mit meinem Schöpfer zu entreteniren; dann läuft der eine hier, der andere dort hin.

Samuel. Amtsgeschäfte, gnädige Mama.

M. Smith. (zu Liddy) Und Du?

Liddy. Ich habe dem Vater die Zeitungen vorgelesen.

M. Smith. Doch hab' ich Euch schon lange mit einander schwatzen hören. Was betraf denn der Discours?

Liddy. Ich scherzte mit meinem Bruder.

Samuel.

Samuel. Und ich sprach sehr ernsthaft mit meiner Schwester.

M. Smith. Wovon aber?

Liddy. Von dem wilden jungen Mädchen, das seit 4 Monaten in unserm Hause wohnt.

Samuel. Von dem wilden jungen Burschen, der seit Jahr und Tag mit Bruder Robert in der Welt herumschwärmt.

Liddy. Sie hat ihn trotz seiner Vorsicht überrumpelt.

Samuel. Er hat sie trotz ihres Leichtsinnes gefesselt.

M. Smith. Ihr scheint beide Recht zu haben, denn Ihr habt beide den Verstand verloren.

Samuel. Ich? ich bin mit dem meinigen sehr zufrieden.

M. Smith. Das beweist eben, daß Du nicht viel hast. Der Mensch ist mit nichts in der Welt zufrieden, ausgenommen mit seinem Verstande; je weniger er hat, desto zufriedener. Sans badinage, ich will nicht hoffen, daß eins von Euch capabel sei, im Ernst an dergleichen zu denken: denn wenn Ihr gleich von väterlicher Seite nur bürgerlicher Herkunft seid, so wallt doch ein altes adliches Blut in den Adern Eurer Mutter (Sie sieht Samuel und Liddy wechselweise an, als ob sie eine Antwort erwartete. Beide schweigen; Liddy näht und Samuel spielt mit seinem Stockbande. Mistriß Smith ihre Stimme erhebend, und die Arme in die

Seite

Die Indianer in England.

(Seite stemmend) Wie? was? point de reponse? ich sollte die Schande erleben, meinen ältesten Sohn Samuel, mit der Tochter eines Landstreichers verheirathet zu sehen?

Samuel. Vorsichtig, gnädige Mama! vorsichtig! unser fremder Miethsmann kann jedes Wort hören.

M. Smith. (zu Liddy) Und Du könntest so Gottes- und Standesvergessen sein, dein Herz an einen Heiden zu hängen, der noch dazu ein bürgerlicher ist?

Liddy. (bittend) Sachte liebste Mutter, der Vater schläft!

M. Smith. Seht doch! ich glaube, sie untersteht sich, mir Stillschweigen zu gebieten. (sich nach dem Alten wendend und noch stärker schreiend) Er soll nicht schlafen! Er soll wachen! Er soll die Thorheiten seiner Kinder verhindern helfen. He da! Sir John!

S. John. (Aus dem Schlaf auffahrend) Au weh!

M. Smith. Nun was giebts?

S. John. Mein Bein.

M. Smith. Vergessen Sie Ihr Bein: Hier ist von ganz andern Dingen die Rede, die Sie weit näher angehn,

S.

S. John. Weit näher? Ich möchte doch wissen, was mich näher angienge, als mein eignes Bein!

M. Smith. Nun wahrhaftig! Ich dächte doch, es gäbe der Dinge mancherlei in der Welt, die weit mehr Interesse für Sie haben müssen, als Ihr bewickelter Fuß?

S. John. (Ihr Recht gebend) So? das ist wohl möglich!

M. Smith. Ein Bein ist doch immer nur ein Bein; und ein podagrisches Bein ist gar nichts werth.

S. John. Sehr wahr.

M. Smith. Man sollte ganz vergessen, daß man eins hat.

S. John. Wirklich das sollte man. — Au weh! — Au weh!

M. Smith. Hätten Sie ein wenig Lectüre, so würden Sie wissen, daß die alten Stoiker den Schmerz für kein Uibel hielten.

S. John Den Teufel! die haben denn nicht das Podagra gehabt!

M. Smith. Mein guter Sir John! Sie können es gar nicht verantworten, daß Sie so wenig Lebensart haben. Sie hatten eine Gemahlinn von Stande, es fehlte Ihnen nicht an Gelegenheit zu lernen. Wie oft hab' ich Ihnen nicht schon vorgepredigt, und wie oft soll ich's Ihnen nicht

noch

noch vorpredigen, daß einem Gesunden nichts mehr ennuyirt, als wenn ein Kranker ewig von seiner Maladie schwazt.

S. John. Nun so sprechen Sie immer von etwas anderm! In Gottes Namen!

M. Smith. Das wollt' ich schon lange, aber Sie lassen mich ja nicht zum Worte kommen. Hier steht Ihr Sohn, Sir Samuel Smith, und hier Ihre Tochter, Miß Liddy Smith.

S. John. Gottlob! das seh ich.

M. Smith. Sie sind beide toll geworden.

S. John. Beide?

M. Smith. Der allerliebste Herr Sohn, den ich doch mit so vieler Mühe in adlichen Grundsätzen erzogen, hat Lust, eine verlaufne indianische Dirne zu heirathen.

Samuel. Wer sagt das? Ist denn schon vom Heirathen die Rede? Zwar wenn man mich fragt: ob das Mädchen mir gefällt? Denn ist die Antwort: ja; aber ehe ich wirklich zu einer Verbindung schreite, sind noch hundert tausend Umstände zu überlegen, Millionen Hindernisse aus dem Wege zu räumen, unendlich viel Kleinigkeiten zu berichtigen.

S. John. Ja, mein Schatz, dafür steh ich Dir: Samuel wird sich nicht übereilen.

Samuel. Nein wahrhaftig nicht!

S.

S. John. Thut er es aber, so macht er den ersten gescheuten Streich in seinem Leben. Das Mädchen ist allerliebst, ihr Stumpfnäschen ist entzückend, ihre naive Laune hinreissend.

M. Smith. Wiedrum sehr nobel! Wer Sie so reden hört, sollte denken, Ihr ganzer Verstand sei in Ihren geschwollenen Fuß gesunken. Die ganze Litanei, welche Sie mir da vorgebetet haben, reicht kaum hin, einen Narren glücklich zu machen. Die wichtigsten Punkte, die Achsen, um welche sich die ganze moralische Welt dreht, haben der Herr Gemahl vergessen.

S. John. Und die sind?

M. Smith. Geburt und Geld.

Samuel. Sehr wahr!

S. John. Was das Geld anlangt, hat Sie leider Recht.

Samuel. Ganz Recht.

S. John. Indeß hoffe ich, die junge Indianerinn werde über diesen Punkt Ihre Foderungen befriedigen können. Der Vater hält hinter dem Berge, aber es scheint, er habe sein Schäfchen im Trockenen. Er lebt gut, er ist niemanden schuldig, er bezahlt uns seine wöchentliche Miethe auf die Stunde. —

Liddy. Er thut auch den Armen viel Gutes!

M. Smith. Mon Dieu! Bleiben Sie mir mit Ihren ekelhaften Rechnungen vom Leibe! Immer

B hört

hört mans Ihnen doch an, daß Sie einst Kaufmann waren. Wer hat es denn je zu den Zeichen des Wohlstandes gerechnet, wenn einer ordentlich bezahlt? die reichsten Leute, mein Herr! sind der ganzen Welt schuldig. Doch passe pour cela! wir wollen es gelten lassen, aber der wichtigste Punkt bleibt doch unentschieden. Oder vielleicht lassen Sie die Ordnung im Bezahlen auch wohl gar für einen Beweis vornehmer Herkunft gelten?

S. John. Nein wahrhaftig nicht! aber ich halte diesen Punkt für überflüßig. Das Mädchen ist gebohren, und zwar Hochwohlgebohren; darunter versteh ich: Gesund mit graden Gliedmaßen. Ein bucklichtes Fräulein, und wenn sie 16 Ahnen hätte, ist in meinen Augen immer tief übel gebohren.

M. Smith. Mon Fils! Hast Du kein Riechfläschchen bei Dir?

Samuel. O ja, gnädige Mama! (Er reicht es ihr hin)

M. Smith. Libby halt mich! ich werde in Ohnmacht fallen.

S. John. Bemühen Sie sich nicht! wir verstehen dergleichen nicht zu schätzen.

M. Smith. Kein Wunder wär' es, wenn die Geister aller meiner erhabenen Voreltern sich mit Hohngelächter um mich her versammelten. Es geschieht ihm schon recht dem deutschen Fräulein, das sich zur englischen Kaufmannsfrau herabwür-
digte;

digte; um deſſen Hand Grafen buhlten, und das ihnen allen einen Menſchen vorzog, ohne Education, ohne Savoir vivre, ohne nobles principes, einen Bankeruttierer, einen Krüppel, einen Bettler —

S. John. Libby, fahr mich in mein Zimmer!

M. Smith. Glauben Sie, ich könnte Ihnen nicht dahin folgen? Nur Geduld! ich werde gleich nachkommen.

S. John. Nun Libby, ſo fahr mich ins Grab.

M. Smith. Nur noch erſt ein Paar Worte mit Dir mein Sohn!

(Libby fährt den Alten ab.)

Fünfter Auftritt.

Samuel. Miſtriß Smith.

M. Smith. Wahr iſt es, Du biſt in dem Alter, in welchem man an das Heirathen denken muß.

Samuel. Ich denk auch dran.

M. Smith. Recht gut mein Sohn! recht löblich! aber Du denkſt ſchon ſeit fünf Jahren dran, und es bleibt immer beim Denken.

Samuel. Vorſicht iſt die Mutter der Weisheit.

M. Smith. Deine Vorſicht iſt ein Irrwiſch, der Dich in den Sumpf führen wird.

Samuel. Welch eine Parabel, gnädige Mama! ist die Vorsicht jemals ein Irrwisch? Antwort nein! Ist Gurli ein Sumpf? Antwort: Nein. Sie ist vielmehr ein Blumengarten, oder eine beblümte Wiese, oder eine blumenreiche Aue.

M. Smith. Ja, ja, es giebt auch Blumen, die hinter dem Zaune wachsen.

Samuel. Sie riechen darum nicht minder schön.

M. Smith. Fy mon fils! deshonorire mein Blut nicht. Ein Mädchen ohne Geburt; eine Indianerinn, und folglich eine Heidinn; ein naseweises, wetterwendisches Ding, dessen Vater ein trockener ehrbarer Affe ist, den niemand kennt, und der vermuthlich nicht einen Schilling im Vermögen hat.

Samuel. Was die Geburt betrift, gnädige Mama! so wissen Sie wohl, daß man bei uns in England nicht darauf zu sehen pflegt.

M. Smith. Leider nein. Der Karrenschieber und der Lord genießen hier einerlei Rechte.

Samuel. Daß sie eine Heidinn ist —

M. Smith. Nun das hätte eben so viel nicht zu sagen.

Samuel. Leichtsinnig und wetterwendisch — Sie ist noch jung. Ein vernünftiger Mann wird ganz gewiß eine vernünftige Frau aus ihr bilden — ihr Vater ein Affe — da frag ich: Wird Sir

Sa=

Samuel den Vater oder die Tochter heirathen? Antwort: Die Tochter. Also geht mich das nichts an. Aber der wichtigste Punkt, welchen die gnädige Mama berührt haben, ist das Geld. Da gebietet die Vorsicht behutsam zu Werke zu gehen. Auch hab ich meine Spionen, Auflaurer und Spürhunde auf ihre Posten vertheilt.

M. Smith. Und wenn Du nun erführest, daß er wirklich Geld hat, könntest Du so wenig nobel sein, einen Entschluß zu fassen? —

Samuel. Entschluß? gnädige Mama! da erschrecken Sie mich. Ich glaube, wenn man in diesem Augenblick mich überzeugte, das Mädchen sei eine Prinzeßinn, der Vater ein Fürst mit Tonnen Goldes im Schatze; ich würde dennoch vor den Gedanken zittern, einen Entschluß zu fassen.

M. Smith. Du bist ein Narr!

(Geht ab)

Samuel. (allein) Ein Narr? Ein Narr? (tritt vor einen Spiegel und bläst sich auf) Seh ich wohl aus wie ein Narr? Antwort: Nein!

Sechster Auftritt.

Gurli. Samuel.

Gurli. (ist in ein Negligée, nach englischem Geschmack gekleidet. Ihre Haare, ohne irgend eine Zierath

rath hängen ihr ein wenig wild um den Kopf, und überhaupt ist ihr ganzer Anzug zwar sehr reinlich, aber hin und wieder nachläßig verschoben. Im Heraustreten noch hinter sich redend) Nein ich will nicht! Ha! ha! ha! das ist doch sonderbar! Da haben die Menschen ohne mich zu fragen eine Glocke auf einen hohen Thurm gehängt, und wenn das Ding so und so viel mal brummt, so soll Gurli frühstücken. Gurli will aber nicht frühstücken. Gurli ist nicht hungrig.

Samuel. (im Umwenden zu sich) Ganz allein? vortrefflich! die beste Gelegenheit so recht mit Vorsicht zu sondiren. (laut) Schöne Gurli, ich wünsche Ihnen einen guten Morgen.

Gurli. Guten Morgen, du närrischer Mensch.

Samuel. (frappirt) Närrischer Mensch? — wie soll ich das verstehen? — Sie werden beleidigend Miß.

Gurli. Sei nicht wunderlich! Gurli meint es nicht böse. Gurli muß aber immer lachen, wenn sie Dich sieht!

Samuel. Lachen? über mich? — da muß ich fragen: Warum? — Antwort? —

Gurli. Das weiß ich selbst nicht. Ich denke, weil Du immer aussiehst, als ob das Wohl von ganz Bengalen auf Deinen Schultern ruhte, und weil Du so viele Anstalten machst, über eine Pfütze zu schreiten, als ob Du den Ganges vor Dir hättest.

Samuel.

Samuel. Ich merke, daß die Erziehung in Bengalen noch gar sehr vernachläßigt wird. Kinder reden von Dingen, die sie nicht verstehen.

Gurli. Mein feiner Herr, Gurli ist kein Kind mehr, Gurli wird bald heirathen.

Samuel. (erschrocken) Heirathen? wirklich?

Gurli. Ja! ja! der Vater sagts.

Samuel. Wen denn?

Gurli. Das weiß ich nicht.

Samuel. Also hat der Vater einen Mann für Sie ausgesucht!

Gurli. Warum nicht gar! Gurli sucht selbst aus.

Samuel. Wirklich? die Wahl ist Ihnen ganz allein überlassen? — Fast möcht ich fragen, schöne Miß: haben Sie schon Ihr Auge auf irgend jemand geworfen? Antwort? —

Gurli. Mein Auge werf ich wohl hin und her, aber mein Herz rührt sich so wenig als eine Wachtel im Nest.

Samuel. Schön! vortrefflich! Fast möcht! ich fragen allerliebste Gurli, wie gefall ich Ihnen? Antwort? —

Gurli. Du! nicht sonderlich.

Samuel. Immer fallen Sie doch auch mit der Thür ins Haus. Muß man es denn einem Manne gerade ins Gesicht sagen, daß man keinen Wohlgefallen an ihm findet.

Gurli. Du fragst mich ja darum.

Samuel. Wenn auch. Und dann das bäurische Du! Ich rathe es Ihnen als ihr Freund, Miß, gewöhnen Sie sich das ab.

Gurli. Der Vater hats mir auch schon oft verboten, aber Gurli muß immer lachen, wenn Gurli mit einem einzigen Menschen sprechen soll, als wären ihrer ein halbes Dutzend.

Samuel. Einmal aber ists doch bei uns so die Sitte.

Gurli. Nun ja doch. Ich kann Sie auch wohl Sie nennen, wenn Du es durchaus haben willst?

Samuel. Sollten einst vielleicht süßere Bande uns vereinigen, so ist es ja noch immer Zeit —

Gurli. Ha, damit hat's Zeit.

Samuel. Ich muß nur näher rücken. (zu sich)

Gurli. (gähnend) Ich habe nicht ausgeschlafen!

Samuel. (zu sich) Aber mit Vorsicht! mit Vorsicht!

Gurli. O der Mensch macht mir lange Weile.

Samuel. (laut) Selig! dreimal selig wird sein der Glückliche, dem es einst gelingt, die schönste Blume zu pflicken, welche der Hauch des lieblichen Zephyrs aus ihrer Knospe hervorlockte.

Gurli. (lachend) Guter Freund! diese Sprache ist Sanscritta für mich, und die verstehn nur unsere Braminen.

         Samuel.

Samuel. (ärgerlich) Ich redete im orientalischen Style; aber ich sehe wohl, man muß so deutlich mit Ihnen sprechen, daß sichs mit Händen greifen läßt.

Gurli. Ha, so hört es Gurli am liebsten.

Samuel. Nur Schade, daß die Klugheit eine solche Sprache durchaus verbietet.

Gurli. Aber die Klugheit verbietet Gurli nicht, davon zu laufen, und Dich hier stehen zu lassen, denn Du machst ihr herzliche Langweile.

(Sie will fort)

Samuel. Nur noch einen Augenblick, schöne Gurli! — Ich würde gern deutlich mit Ihnen reden — mich deutlicher erklären — mich auf das deutlichste ausdrücken — wenn — wenn ich nur wüßte — ob vielleicht ihr Herr Vater einer Unterstützung bedürftig wäre. —

Gurli. Wunderlicher Mensch! mein Vater ist nicht alt, mein Vater geht flink und rasch ohne Stock; ja Du kannst ihm den schönsten Palankin vor die Thüre tragen lassen, er geht doch lieber zu Fuße.

Samuel. Nicht doch! so versteh ich es nicht. Ich wollte damit sagen — daß ich ihm zu helfen wünschte — wenn er etwa unglücklich wäre —

Gurli. (plötzlich Ernst) Unglücklich?

Samuel.

Samuel. (sehr neugierig) Ja, ja unglücklich. Fast möcht' ich fragen: wie ist es damit? Antwort? —

Gurli. (weinend) Ach ja, mein armer Vater ist unglücklich.

Samuel. (zu sich) Nun da haben wir's!

Gurli. Und Du wolltest ihm helfen? Dafür muß ich Dich küssen (sie küßt ihn)

Samuel. (sehr verlegen) Ja ich meinte nur so! wenn es meine Kräfte nicht überstiege. Helfen ist wohl ganz gut; aber man kann nicht wissen, wo man es selber braucht.

Gurli. Ach! Du kannst ihm nicht helfen; und die arme Gurli kann ihm auch nicht helfen.

Samuel. (zu sich) Dem Himmel sei Dank! da hätt' ich mich bald mit einer Bettlerinn verplempert. (laut) Ich will indessen hoffen, es werde noch nicht so weit mit ihm gekommen sein, daß er die Hausmiethe für den verflossenen Monat nicht bezahlen könnte — nicht um meinetwillen — sondern mein Vater — er ist ein wenig streng —

Gurli. Die Hausmiethe?

Samuel. Ja, ja, die Hausmiethe.

Gurli. Träumst Du?

Samuel. Ich sollte nicht denken.

Gurli. Weißt Du was guter Freund! Wenn Du meinem Vater ein gutes Wort giebst, so bezahlt er Dir nicht allein die Miethe, sondern auch

das

das ganze Haus, und noch ein Dutzend solcher Narren, als Du bist, oben drein — (sie hüpft lachend ab).

Samuel. Das ist heute schon zum zweitenmale, daß man mich einen Narren schilt. Doch beidemal warens nur Weiberzungen, und da ziemts einem vernünftigen Manne nicht, sich darüber zu ärgern.

Siebenter Auftritt.

Der Visitator. Samuel.

Visitator. Gut, gut, daß ich Sie treffe! Bin ich doch gelaufen, daß ich kaum Luft schöpfen kann! — Uph!

Samuel. Nun, mein lieber Visitator? Hat er sich meines Auftrages erinnert? Hat er mit der nöthigen Vorsicht und Behutsamkeit sondirt?

Visitator. Zu dienen! wie ein Schleichhändler bin ich umhergekrochen, hab ihn vom Caffeehaus in die Oper, vom Quay auf die Börse verfolgt; und da hab ich in aller Eile manches erschnappt.

Samuel. Pro primo also: in Ansehung seines Standes?

Visitator. Ja, da weiß ich so viel, wie nichts. Niemand kennt ihn, niemand will von ihm wissen. Ein Ostindianer, darüber sind die Stimmen einig;

weil

weil man es aus seinem eigenen Munde weiß. Aber ob er von der Küste von Malabar, oder der Küste von Koromandel, oder der Küste von Onixa, das hab ich in aller Eil nicht erfahren können! So viel ist gewiß, kein hiesiges Schiff hat ihn herüber geführt. Er muß dem Vermuthen nach von Portsmuth zu Lande hieher gereist sein.

Samuel. Pro secundo, sein Vermögen betreffend —

Visitator. Da kann ich die Ehre haben, so geschwind als möglich, mit vollständigern Nachrichten zu dienen. Trotz der einfachen Kleidung dieses Mannes, und aller seiner Haußgenossen, trotz der einzigen Schüssel, welche täglich auf seiner Tafel steht; trotz des klaren Brunnenwassers, welches er trinkt; halte ich ihn, mit Ihrer Erlaubniß, doch für einen der reichsten, in dieser ansehnlichen Handelsstadt.

Samuel. Frage: warum? Antwort? —

Visitator. Antwort: darum, weil er das Geld in aller Eile mit vollen Händen zum Fenster hinaus wirft.

Samuel. Wie so?

Visitator. Lassen Sie sich ohne Zeitverlust erzählen, mein werther Herr Inspektor! Vorige Woche war das Handlungshaus, Braun & Belton, auf dem Punkte zu falliren, man sprach auf der Börse schon ganz laut davon, und wie es denn

zu

zu gehen pflegt, der Eine bedauerte, der Andere zuckte die Achsel, der Dritte sprach von Sonnenschein und Regen. Kaberdar, dem ich in aller Eil nachschlich, gieng von einem Kaufmann zum andern, und erkundigte sich nach der Beschaffenheit der Umstände. Da hörte er denn überall, daß Braun & Belton brave ehrliche Leute wären, welche durch unverschuldete Unglücksfälle, in diesen Wirwar gerathen. Was thut er? In der größten Geschwindigkeit sezt er sich nieder, schreibt ein Billet an Braun & Belton folgendes Inhalts: „Wenn zehn tausend Pfund Sterling Ew. Edlen „retten können: so leihe ich Ihnen diese Summe „ohne Intressen auf 6 Monate" Braun & Belton, welche den Mann in ihrem Leben nicht gesehen haben, sind von Erstaunen und Entzücken außer sich, honoriren ihre Wechsel, treiben ihre Geschäfte eilig und schleunig wie zuvor, und verehren den Ostindianer wie einen Heiligen.

Samuel. Mein Gott! welche Unvorsicht! — Der Mann muß sich je eher je lieber einen Eydam suchen, der ihm statt Vormunds diene; einen vernünftigen, vorsichtigen, wohl bedächtigen Mann. — Doch weiter, mein lieber Visitator! — Er hat mir nun zwar bewiesen, daß dieser Kaberdar einst zehn tausend Pfund Sterling im Vermögen hatte; er hat mir aber zu gleicher Zeit dargethan,

han, daß der Narr sie aus dem Fenster geworfen. Es fragt sich also —

Visitator. Ob er noch so viel übrig behalte, um die Aufmerksamkeit eines gescheuten Mannes zu reizen? Auch da werd' ich in aller Eil die Ehre haben, Sie zufrieden zu stellen. Sie kennen doch das schöne Landgut Roggershall, so reich an Fisch und Wildprett, an Feld- und Gartenfrüchten, und welches überdies den herrlichen Vorzug genießt, daß man sich in der größten Geschwindigkeit dahin begeben kann; weil es nur zwo Meilen von der Stadt entfernt ist. Dieses schöne Stück Landes hat der junge Erbe liederlich verpraßt, und unser Ostindianer in aller Eil an sich gekauft.

Samuel. Wie? ist das gewiß?

Visitator. Sage, schleunig gekauft und eilig bezahlt.

Samuel. Hm! Ei! — Aber ich muß mich doch noch ein wenig genauer und umständlicher unterrichten. Bestättigt sich die angenehme Bothschaft, so hat Gurli einen Brautschatz aufzuweisen, der einen Schleier über ihre vielfältigen Unarten deckt — Ich will mich nur gleich auf die Börse begeben. Hat er mir noch etwas über diesen Punkt mitzutheilen?

Visitator. Nichts von Belang. Er spricht sehr wenig — er kauet Betel — er hat eine große Ehrfurcht vor Kühen; und so oft unsere Stadt-

heerde

heerde ausgetrieben wird, empfängt er sie mit tiefen Reverenzen — er badet sich täglich — so oft Neumond oder Vollmond eintritt, theilt er Almosen aus.

Samuel. Bin ich nur erst sein Eidam, so soll der Nebel dieser Narrenpossen vor der Sonne der Vernunft bald zurückweichen. Ich will ihm beweisen, daß eine Kuhe nicht mehr Anspruch auf seine Ehrerbietung machen darf, als ein Esel. Ich will ihm beweisen, daß weder im Neumond noch im Vollmond, weder im ersten noch im lezten Viertel, die Vorsicht erlaubt, Almosen zu geben. Kurz! ist der Ankauf von Roggershall richtig, so ist die Heirath mit Gurli auch richtig. Unterdessen mein lieber Visitator, leb' er wohl! Sei er unermüdet, fleißig, thätig, und vor allen Dingen vorsichtig. Stell er seine fünf Sinne allenthalben auf die Lauer. Mein dankbares Gemüth ist ihm bekannt, und wann jemals die Frage entsteht: ob ich ihm mit Vergnügen wieder dienen werde? So ist die Antwort jederzeit: Ja. (Er macht dem Visitator eine gnädige Verbeugung und geht ab)

Achter Auftritt.

Der Visitator allein.

Wenn die Frage entsteht: ob ich Lust habe, Diß in der größten Geschwindigkeit den Hals zu brechen?

chen? So ist die Antwort jederzeit: Ja — Für so viel Bemühungen mit ein Paar leeren Worten mich abzuspeisen! Aber so gehts in der Welt. Es giebt nicht leicht einen ehrlichen Mann im Dienst, der nicht einen schlechtern als er selbst ist, über sich hätte. Will man eilig und schleunig seinen Bissen Brod in Ruhe verzehren, so muß man sich eben so vor leeren Köpfen und vollen Wänsten bücken, wie der alte Kaberdar vor Kühen und Ochsen. (mit Achselzucken) Er ist mein Vorgesetzter — Er macht die Augen oft zu, wenn ich die Taschen aufmache; also nur frisch wieder dran, ihm zu dienen! (Er schleicht an Sir Johns Thür und legt das Ohr ans Schlüsselloch). Ich höre in der Ferne ein Geräusch, als ob der Hagel ein morsches Dach zerschlüge (Pause) Nein, nein, es ist die Stimme der Mistriß (Pause) die verdammten Kanarienvögel schreien so laut, daß man keine Silbe deutlich unterscheiden kann. Geschwinde! geschwinde! (Er läuft hinüber an Kaberdars Thür) Da ists still, wie im Grabe (Pause) doch nein, Gurli trillert ein Liedchen (Pause) das Singen mag wohl recht gut seyn, aber meine Wißbegierde wird nicht satt davon (Er läuft wieder an die andere Thür) Hier ists mäuschenstill geworden. (Pause) Jetzt fängt Miß Liddy an zu sprechen. (Pause) Gleich hat der Henker die verdammten Kanarienvögel wieder bei der Hand. Ich kann das Geschmeiß nicht leiden;

so

so bald Sie ein lautes Wort spricht, schreien sie alle mit. (Er läuft wieder auf die andere Seite, kaum aber hat er das Ohr ans Schlüsselloch gelegt, als Musaffery die Thür öffnete, und ihn beinahe übern Haufen rennt.)

Neunter Auftritt.
Musafery. Der Visitator.

Musaffery. (immer sehr ehrbar und trocken) Was willst Du, guter Freund! Wem gilt Dein Besuch? mir?

Visitator. Nicht so ganz eigentlich.

Musaffery. Oder meinem Herrn?

Visitator. Das wollt' ich eben nicht behaupten.

Musaffery. Oder der Tochter meines Herrn?

Visitator. Wenn ich das sagte, würde ich lügen.

Musaffery. Also der hölzernen Thür? Denn in diesem Zimmer wohnen nur drei Menschen: mein Herr, die Tochter meines Herrn, und ich.

Visitator. (der sich nach und nach von seinem Schrecken erholt) Meine eigentliche Absicht war, ihm in aller Eil einen guten Morgen zu wünschen.

Musaffery. Guten Morgen.

Visitator. Und mich in der Geschwindigkeit nach seinem Wohlbefinden zu erkundigen.

Musaffery. Danke.

Visitator. Doch fein gesund?

Musaffery. Gesund.

Visitator. An Leib und Seele?

Musaffery. An Leib und Seele.

Visitator. Versteh er mich recht, hochgeschätzter Freund! man kann vollkommen gesund seyn, vollkommen; aber was hilft zum Beispiel die Lust zu schlafen, wenn Nahrungssorgen das Herz gleich einem Mühlstein drücken? Was hilft der vortreflichste Hunger dem armen Teufel, der keinen Bissen Brod aufzutreiben vermag? Doch beides ist wohl nicht sein Fall?

Musaffery. Nein!

Visitator. Er hat mehr als er braucht.

Musaffery. O ja.

Visitator. Sein Herr ist sehr reich?

Musaffery. Brama hat ihm viel geschenkt.

Visitator. (sehr neugierig) Brama? Wer ist dieser Herr? Ich hab ihn nie nennen hören. Verschenkt er so gern?

Musaffery. Brama schenkt allen guten Menschen.

Visitator. Wirklich? Wo wohnt denn der Herr Brama? Damit ich in aller Geschwindigkeit zu ihm eile —

Musaffery. Er wohnt an den Ufern des Ganges.

Visitator. Das ist mir zu weit. Sein Herr ist vermuthlich mit ihm verwandt?

Musaffery. Mein Herr ist entsprossen aus seiner Schulter.

Visitator. Eine kuriose Verwandtschaft.

Zehnter Auftritt.

Kaberdar. Die Vorigen.

Kaberdar. (etwas rauh zum Visitator) Was ist Euer Begehren?

Visitator. Nichts auf der Welt, mein hochzuverehrender Herr. Ich eilte hier vorbei, und kam in der Geschwindigkeit vorbei, um mich nach dem Befinden des werthgeschätzten Herrn Musaffery zu erkundigen.

Musaffery. (sehr trocken) Er hatte sein Ohr an die Thüre gelegt, um zu hören, wie ich mich befände.

Kaberdar. Haltet ihr vielleicht mich, oder meine Tochter, oder meinen alten Freund Musaffery für Kontrebande?

Visitator. Je nun, mein hochzuverehrender Herr, wenn Sie mirs in aller Eile nicht übel nehmen wollen, beinahe! Denn wir wissen nicht recht, wer Sie sind? Was Sie sind? Woher Sie sind? Warum Sie hier sind? Kurz! Sie besitzen so ziemlich alle Eigenschaften einer konterbanden Waare.

Kaberdar. Wär ich nach Spanien gegangen, so würde ich diese Sprache, für die Sprache eines Dieners der Inquisition halten: aber in Engelland kenne ich meine Rechte. Pack er sich zur Thür hinaus!

Visitator. Ei, ei, mein werthgeschätzter Herr! mit welchem Recht —

Kaberdar. Diese Zimmer habe ich für mein Geld gemiethet.

Visitator. Aber dieser Saal ist gemeinschaftlich, ich kann so oft, so eilig, und so schleunig als mirs beliebt, hieher kommen, um mit meinem hochzuverehrenden Herrn Prinzipal, dem Herrn Zouinspektor Smith, zu reden, zu sprechen, zu überlegen, zu erzählen, zu hören, zu fragen, zu antworten, zu berichten, und kein Mensch auf der Welt soll mich daran hindern, und wär' er auch noch zehnmal näher, als Sie mit dem Herrn Brama verwandt.

Kaberdar. Geht! wenn ihr nicht wollt, daß man euch werfe.

Visitator. (sich allgemach nach der Thür zurück ziehend) Wie? was? Mich werfen? Mich den geschwindesten, geschäftigsten und thätigsten Mann in der ganzen Stadt? Einen Mann, der sein rastloses Leben im Dienst von Alt England eilig und schleunig geopfert hat? Einen solchen Mann will man werfen? Was verstehen Sie unter werfen? Wo wollen Sie mich hinwerfen, mein Herr?

Kaberdar. Zur Thür, oder zum Fenster hinaus (er zieht die Uhr aus der Tasche) und zwar ehe drei Minuten vergehen.

Visitator. Hm! in der größten Geschwindigkeit? Schade, daß Berufsgeschäfte, Amt und Pflicht in aller Eile meine Gegenwart erfodern,

und

Ein Lustspiel.

und ich daher nicht von Ihrer gütigen Offerte profitiren kann; sonst wollten wir sehn, mein Herr Verwandter des Brama, wir wollten sehen — (Kaberdar geht auf ihn zu — der Visitator läuft davon.)

Eilfter Auftritt.

Kaberdar. Musaffery.

Musaffery. Du, einst Herrscher über Tausende! fruchttragender Baum, unter dessen Schatten die Stämme Indiens sich lagerten! was ist aus Dir geworden? Ein elender Wicht aus dem Stamme der Schutres wagt es, Dich zu beleidigen — o Jammer!

Kaberdar. Mich beleidigen? Du irrst guter Musaffery. Erblickst Du Unmuth oder Zorn auf meiner Stirne?

Musaffery. Weil ohnmächtiger Zorn Dir nicht ziemt. Du bist nicht mehr Nabob von Mysore. Ach! —

Kaberdar. Immer wieder das alte Lied! nein, ich bin nicht mehr Nabob von Mysore, und möcht' es auch nicht wieder werden.

Musaffery. (erstaunt) Du möchtest nicht?

Kaberdar. Sprich, alter treuer Diener! hieltest Du mich damals für glücklich, als Franzosen und Engländer, meine Freundschaft, mein Bündniß suchten? Als ich wider Willen in ihre unsinnige Fehde verwickelt wurde? Als ich bald diesem aus

Neigung, bald jenem aus Zwang diente? Als es mir alle Augenblicke an Geld mangelte, meine murrende Soldaten zu befriedigen? Als der Hof zu Delhi Kabalen gegen mich spann, und ich zu niedrigen Kunstgriffen mich herablassen mußte, um mein Ansehen zu behaupten? Als Europäer und Indier meine blühende Provinz verwüsteten, und heilige Pagoden entweihten? Als endlich der Aufruhr meiner Brüder gegen mich außbrach, und ich so manche Nacht, mit schwerem Kummer belastet, auf meinem Lager mich wälzte? Sprich! war ich damals glücklich!

Musaffery. Nein. Aber Dir duftete noch die süße Blume der Hoffnung; was verloren war, konntest Du wieder gewinnen.

Kaberdar. Und das kann ich nicht mehr?

Musaffery. Nein. Wenn Brama kein Wunder thut, so kannst Du nie wieder Nabob von Mysore werden.

Kaberdar. Und glaubt denn Musaffery es sei kein Glück für mich auf dieser großen, schönen Erde, ohne den Zepter von Mysore? —

Musaffery. Und welches? Vermagst Du mit dem Hauch des Lebens, die Körper Deiner ermordeten Weiber und Kinder zu beseelen?

Kaberdar. Leider nein!

Musaffery. Vermagst Du auch nur ihre Leichname zu finden, um eine bekränzte Kuh an ihrem Grabe zu opfern?

Ka-

Raberdar. Ach nein! Wehe! Wehe über meinen Bruder! nicht einmal einen Sohn hat er mir gelassen! Vielleicht unter namenlosen Martern alle die Zweige meines Stammes vernichtet! oder grausamer als der Tod, meine wackere Söhne des Lichts ihrer Augen beraubt — ach! — weg! weg! — einen Vorhang über dies schauerliche Gemälde! — Hinunter gieng die Sonne jener Tage; ich stehe hier, und harre ihres Aufgangs.

Musaffery. Für uns wird sie nimmer wieder aufgehen.

Raberdar. Warum nicht? wenn nicht an den Ufern des Ganges, doch an den Ufern der Themse. Viel hab ich verloren, doch viel bleibt mir zu gewinnen übrig. Zufriedenheit und Ruhe schmückten nicht die Fürstenbunde von Mysore, sie sind ein Kleinod, welches die Götter nicht dem Stamme der Rajas vorbehielten. Eurem Winke folg ich, ihr süße Freuden des unbeneideten Mittelstandes! Gern steig ich zu euch hinab — oder hinauf! — bin ich alt und kraftlos? vermag ich nicht noch Söhne zu zeugen? die Freude meiner kommenden Tage? — Treuer Musaffery! ich will mir ein Weib nehmen, von meinen geretteten Schätzen noch mehr der Güter mir ankaufen; und gern den Thron, um dessen Stufen zehen tausend aufrührische Sklaven krochen, gegen die friedliche Herrschaft über hundert ruhige Europäer vertauschen.

Mu=

Musaffery. Ein Weib nehmen? wo findest Du in England ein Weib aus Deinem Stamm entsprossen?

Kaberdar. Elendes Vorurtheil! mein Vaterland hat mich ausgespieen, ich bin von seinen Gebräuchen entbunden. Meine Augen haben gewählt; mein Herz ist einverstanden, und wartet nur noch auf Zustimmung meiner Vernunft. Miß Liddy — (begeistert) ihr Blick ist ein Sonnenstral, auf welchem die Seelen in Wischenus Paradies eingehen! sanfte Weisheit der Göttinn Sawasuadi wohnt auf ihren Lippen und Tugend, geschaffen aus der rechten Brust des Gottes der Götter, thront in ihrem Herzen! — o Mamnadinn! Gott der Liebe! schleich auch du hinein!

Musaffery. Du bist entzückt! Hüte Dich! dein Herz ist zum Knaben geworden, und wird muthwillig deiner Vernunft entschlüpfen, die in Gestalt eines Greises ihm nachschleicht.

Kaberdar. Recht Alter! nichts übereilt! Mit deinen leidenschaftlosen Blicken will ich spähen, mit deiner kalten Vorsicht will ich prüfen. Aber wie? wenn der Erfolg den Wünschen meines Herzens entspricht, wirst Du mich dann wieder für glücklich halten?

Musaffery. (nach einer Pause) Nein! Ach, dort wo der Ganges durch blühende Reisfelder sich schlängelt, dort allein wohnt das Glück. Hier, in einem fremden Lande, wo ich nie einem Menschen begegne,

zu

zu dem ich sagen könnte: „erinnerst du dich noch „des frohen Tages vor 20 Jahren, als wir da „und da zusammen lustig waren?" — Hier, wo niemand meine Sprache redet, niemand meinen Göttern dienet. — O Jammer!

Kaberdar. Weißt Du auch, Musaffery, daß Du mir durch deine Klagen wehe thust, deren nie versiegende Quelle immer so heiß übersprudelt? Gereut es Dich, so viele Liebe und Treue an mir bewiesen zu haben? Gereut es Dich der einzige gewesen zu sein, der seinen Herrn nicht verließ, als unglückschwangere Blitze um ihn zischten? (er ergreift ihn bei der Hand) Ich kann Dirs freilich nicht vergelten. Nur Liebe bezahlt Liebe! nur in meinem Herzen mußt Du deinen Lohn suchen.

Musaffery. Und hab ihn reichlich gefunden! Vergieb mir die unbescheidne Klage! Nein ich weiche nicht von Dir bis der Tod — —

Kaberdar. Stille davon! ich höre Gurli kommen.

Zwölfter Auftritt.

Gurli. Die Vorigen. Mistriß Smith.

(Inwendig)

Gurli. (gähnend) Vater: Gurli wird die Zeit lang.

Kaberdar. Hab ich Dir nicht Wege genug angedeutet, der langen Weile zu entfliehen? Nähen— Sticken — Lesen —

Gurli. Ja Vater, das thut Gurli auch; aber Gurli ist so ungeschickt, sie verdirbt alles. Wenn ich nähe, so reißt mir bald der Zwirn, bald zerbricht mir die Nähnadel; wenn ich stricke, so laß ich die Maschen fallen, und wenn ich lese, so schlaf ich ein.

Kaberdar. Nun so tödte deine Zeit mit Plaudern.

Gurli. Plaudern? mit wem soll Gurli plaudern? der Vater ist selten zu Hause; Musaffery ist stumm; die alte garstige Mutter dort zankt immer; Samuel ist ein Narr; und Liddy —

Kaberdar. (hastig einfallend) Nun Liddy? —

Gurli. Ach ich liebe Liddy wie meine Schwester. Sie ist so gut, so Herzensgut — Sie ist viel besser als Gurli; aber sie darf nicht viel mit Gurli reden.

Kaberdar. Warum nicht?

Gurli. Die garstige Mutter hat es ihr verboten. Aber wenn auch Gurli den ganzen Tag bei Liddy sein könnte— es fehlt Gurli doch noch etwas.

Kaberdar. Was denn?

Gurli. Das weiß Gurli selbst nicht.

Kaberdar. So beschreib' es zum wenigsten.

Gurli. Vater, das läßt sich nicht beschreiben.

Zu-

Ein Lustspiel.

Zuweilen hab' ich gedacht, es fehle mir ein Papagoy oder eine Katze.

Raberdar. Du hast ja beides.

Gurli. Freilich hat Gurli beides; aber da wandelt mich oft eine Sehnsucht an, da nehm' ich bald die Katze und bald den Papagoy, und küsse sie und drücke sie an meine Brust, und habe sie so lieb — Doch ist mirs immer, als fehle noch etwas. Der Vater wird wohl noch eine Katze für Gurli kaufen müssen.

Raberdar. (lächelnd) Freilich.

Gurli. Dann gieng ich gestern spazieren in dem kleinen Walde, den die Leute hier Park nennen, da sang ein Vogel so schön, so rührend — Kannst Du Dir einbilden Vater! Gurli mußte weinen. Es war mir so ängstlich, so beklommen; es stieg mir so hier, hier, herauf; es war mir so warm, ich sah mich immer nach etwas um, und endlich — endlich mußt ich eine Rose abbrechen, und küssen, und tausendmal küssen, und mit meinen Thränen benetzen. Das war doch drollicht! nicht wahr Vater?

Raberdar. Ja wohl!

Gurli. Der Vater wird wohl einen solchen Vogel für Gurli kaufen müssen.

Raberdar. Ei freilich.

Gurli. Ach Gurli weiß selbst nicht recht, was ihr fehlt.

Ra-

Die Indianer in England.

...erdar. Sei ruhig! der Vater hat mehr ...ung! der merkt schon, wo das hinaus will...

...on etwas anderm! hast Du dem Vorschlage nachgedacht, welchen ich Dir neulich that?

Gurli. Du weißt ja wohl, Vater, Gurli denkt nicht viel nach. Aber, wenn der Vater meint, daß es gut sei, so will Gurli wohl heirathen.

Kaberdar. Ja der Vater meint, es sei nothwendig, daß Gurli sich je eher je lieber einen Mann aussuche. Ist Dir noch keiner aufgestoßen, der Dir besonders gefiele?

Gurli. Nein. Da ist der Samuel; der schwazt und plappert von seiner Liebe; doch seine Liebe gefällt mir nicht. Aber warum muß es denn eben eine Mannsperson sein? ich will seine Schwester Libby heirathen.

Kaberdar. (erstaunt) Wen? Seine Schwester?

Gurli. Ja.

Kaberdar. Libby?

Gurli. Ja, ja.

Kaberdar. Die ist ja ein Frauenzimmer.

Gurli. Nun was schadet das?

Kaberdar. (lächelnd) Nein Gurli, das geht nicht an, das erlaubt Brama nicht. Du bist ein Mädchen, und mußt einen Mann nehmen. Libby ist auch ein Mädchen und muß auch einen Mann nehmen.

Gurli. Nun so will ich Musaffery heirathen.

Mu-

Ein Lustspiel.

Musaffery. (welcher bisher in tiefen Betrachtungen versenkt gestanden, welche sich auf sein voriges Gespräch bezogen, kömmt zu sich selbst, und antwortet etwas verlegen, aber mit seiner gewöhnlichen Trockenheit) Mich? — Schöne Gurli! das geht nicht an!

Gurli. (komisch zürnend) Wieder nicht? warum denn nicht? Du bist ja ein Mann?

Musaffery. Das wohl.

Gurli. Nun?

Musaffery. Ich bin ein alter Mann.

Gurli. Was thut das?

Musaffery. Schöne Gurli, ein alter Mann muß kein junges Mädchen heirathen.

Gurli. Warum nicht?

Musaffery. Weil das unbarmherziger Weise eine Rosenknospe in Schnee vergraben heißt.

M. Smith. (inwendig) Du denkst nicht ein bischen nobel. Weil Du selbst Häringskrämer gewesen bist, so möchtest Du auch gerne deine Kinder dazu machen.

Kaberdar. Gott bewahre! der Drache kömmt näher. Ich bin so gern in diesem Saale (aufs Fenster zeigend) ich liebe die Außsicht ins offne Meer, und immer jagt mich der böse Geist in mein einsames Zimmer zurück. Kommt!

Gurli. Vater, Gurli bleibt noch hier, Gurli will über die Alte lachen.

Kaberdar. Meinetwegen! aber Sie ist neugierig. Daß Du ihr nur das Geheimniß unsers
Stan=

Standes nicht verräthst! ich mag weder ein Gegenstand der Neubegier, noch des Mitleidens werden. (er geht mit Musaffery in sein Zimmer)

Gurli. Ach nein! Gurli hört die alte nur gern reden, sie spricht so viel dummes Zeug.

Dreizehnter Auftritt.

Mistriß Smith, die Saloppe übergeworfen. Gurli.

M. Smith. (Im Heraustreten noch zurückbellernd) Was Podagra! ein nobles Gemüth verachtet das Podagra und verspottet das Gicht. Alle meine Ahnen haben schon in ihrem fünf und zwanzigsten Jahr das Podagra gehabt, keiner hat sich so dabei geberdet (Gurli erblickend) Ah Miß Gurli! Sie macht ihr eine tiefe Verbeugung.)

Gurli. (lacht ihr ins Gesicht.)

M. Smith. Nun, sur mon honneur! dergleichen Impertinence ist mir noch nicht vorgekommen.

Gurli. Sei nicht böse altes Mütterchen!

M. Smith. Altes Mütterchen? immer besser!

Gurli. Gurli lacht gerne; Du mußt das Gurli nicht übel nehmen.

M. Smith. Immer Du um das dritte Wort. Mein Gott! wie und wo mag diese pauvre Creature ihre erste Education erhalten haben?

Gurli. Kannst Sie auch das Du nicht leiden? nun ich will Dich Sie nennen.

M.

M. Smith. Nennen Sie mich, wie Sie wollen! Eine Frau aus einem Stamm, wie der meinige, ist über jede Beleidigung erhaben.

Gurli. Aus welchem Stamme bist Sie denn?

M. Smith. Aus dem Stamme der von Quirliquitsch.

Gurli. Ei den hat Gurli noch nie nennen hören; das muß ein ganz neuer Stamm sein.

M. Smith. (verächtlich) Neu? Meine gute Miß Gurli! durchlaufen Sie Jahrhunderte mit ihren Gedanken, und Sie sind noch nicht an seiner Wurzel. Ich wüßte auch nicht, wo Sie Gelegenheit gehabt hätten, alte Familien kennen zu lernen.

Gurli. Ich? ich bin selbst aus einem der ältesten Stämme in der ganzen Welt entsprossen.

M. Smith. (verächtlich) Sie? Ha! ha! ha!

Gurli. Ja, ja, ich. Gurli ist aus dem Stamme der Rajas.

M. Smith. (mit hoch aufgeworfner Nase) Raja? Raja? ich will doch zum Scherz, so bald ich nach Hause komme, in Rüpners Turnierbuche nachschlagen, ob die Herren von Raja jemals existirt haben? die Familie ist mir ganz unbekannt.

Gurli. Der Stamm der Rajas ist viele tausend Jahre alt.

M. Smith. Viele tausend Jahr? Ha! ha! ha! mein gutes Kind! Sie haben vergessen, daß die Welt erst 1789 Jahre alt ist. Ha! ha! ha! Ich
habe

habe Sie immer für ein wenig albern gehalten, aber nun finde ich, daß Sie völlig verrückt sind. (Sie macht ihr abermals eine tiefe aber höhnische Verbeugung und geht durch die Mittelthüre ab.)

Vierzehnter Auftritt.

Gurli allein.

Ha! ha! ha! Das alte närrische Mütterchen! Wie sie sich geberdet und ihren Leib verdreht, und so frech dabei aussieht, wie eine Bayadere. Halt! das muß Gurli zum Spaß ihr einmal nachmachen. (Sie tritt vor den Spiegel und übt sich in Verbeugungen) O das ist zum Todtlachen! das muß Gurli den Vater sehen lassen. (sie läuft hinein)

Zweiter Aufzug.

Erster Auftritt.

Kaberdar allein.

Immer tragen meine Füße mich unwillkührlich in diesen Saal; und bin ich in diesem Saale, so heftet mein Auge sich unwillkührlich auf jene Thür. — Es muß herunter vom Herzen! mich drückt die Last. Aber wehe! wehe! wenn das Wagstück mißlingt. — Besinne dich, Kaberdar! du bist nicht in Indien, wo du dein Weib einsperren darfst, - wenn sie dir das Leben vergällt; wo sie, ohne deine Erlaubniß, nicht einmal das Mittagsbrod an deiner Seite verzehren darf. Du bist in Europa, wo man die Weiber nicht zu Puppen herabwürdigt; wo sie selbst einen Willen haben, und sogar selbst denken dürfen — wenn sie können. — Aber diesem Mädchen gaben die Götter einen Körper, und die Tugend eine Seele! — Doch halt! schon wieder in Entzücken! — Kenne ich sie denn? Habe ich sie schon lange genug beobachtet? Ist ihre Mutter nicht ein Weib, gezeugt von Nirudi, dem Könige der Teufel? Und wachsen je Rosen auf einer Nessel? — Musaffery hat Recht. Ihr sanftes Auge kann trügen; ich muß ihr Herz belauschen.

Zweiter Auftritt.

Kaberdar. Der Knabe, mit den Manschetten in der Hand.

Knabe. Ei ich will mir nicht länger die Sohlen von den Schuhen laufen! Heute ist ein unglücklicher Tag, heute werde ich die Teufelsdinger nicht los, (er erblickt Kaberdar) noch einen Versuch. Schöner Herr, wollt Ihr Manschetten kaufen?

Kaberdar. Nein.

Knabe. Von schönen Händen gemacht.

Kaberdar. Ich mag nicht.

Knabe. Wohlfeil, drei Kronen das Paar.

Kaberdar. Laß mich zufrieden! ich trage keine Manschetten.

Knabe. (die Manschetten unwillig auf den Tisch werfend) Nun so trag sie, wer da Lust hat. (indem er gehen will) Ihr wohnt ja hier im Hause; wenn Miß Liddy kömmt, so gebt sie ihr zurück.

Kaberdar. Miß Liddy? Halt! was hat Miß Liddy mit deinen Manschetten zu schaffen?

Knabe. Sie gehören ihr ja.

Kaberdar. (erstaunt) Ihr?

Knabe. (zurückkommend) Ja, Sir, es ist ihre Arbeit. Beseht sie nur, sind sie nicht schön? Kauft! kauft sie! wohlfeil, sehr wohlfeil, drei Kronen; und wenn Ihr mich nicht verrathen wollt, so sollt Ihr wissen,

wissen, daß die schöne Miß fünf Nächte daran gearbeitet hat.

Raberdar. Warum verkauft sie sie denn?

Knabe. Je nun, schöner Herr, Ihr fragt auch gar wunderlich: sie hat kein Geld.

Raberdar. (greift schnell in die Tasche) Wie theuer sagst Du?

Knabe. Drei Kronen schöner Herr. Dafür bekommt Ihr ein Paar Manschetten, wie sie der Prinz von Wallis nur tragen kann, und einen Gottes Lohn erhaltet Ihr oben ein in den Kauf.

Raberdar. Hier sind drei Guineen.

Knabe. Drei Kronen schöner Herr!

Raberdar. Drei Guineen, sage ich Dir, die bringst Du an Miß Libby. Und hier ist eine Krone für Dich unter der Bedingung, daß Du den Käufer der Manschetten nicht ausplauderst. Wenn sie fragt, so sag' ihr, Du habest sie an der Börse verkauft; ein fremder Herr, den Du zum erstenmal in deinem Leben gesehen —

Knabe. (Das Geld mit Wohlbehagen auf allen Seiten besehend) Ich verstehe, schöner Herr! ich verstehe, und danke.

Raberdar. (für sich) Das ist brav von dem Mädchen, daß sie sich nicht der Arbeit um das tägliche Brod schämt; das ist brav —

Knabe.

Knabe. So viel Geld hab' ich in meinem Leben noch nicht beisammen gesehen. Lebt wohl schöner Herr! Gott vergelt' es Euch!

Kaberdar. Wo willst Du hin?

Knabe. Fort!

Kaberdar. Aber das Geld? —

Knabe. Das hab' ich in der Tasche.

Kaberdar. Und trägst es nicht zu Miß Liddy?

Knabe. Nein schöner Herr. Miß Liddy hat mir befohlen, vom Nachbar Williams ein Pfund Knaster, und aus der nächsten Taverne ein Maaß Porter zu holen.

Kaberdar. Was? Raucht Miß Liddy?

Knabe. Possen Herr! ich denke, es ist für ihren Vater. Der arme alte Mann will sich zuweilen eine Güte thun, aber Frau und Sohn geben ihm nichts.

Kaberdar. (für sich) Brav! Mädchen! brav! (zum Knaben) Geh nur, geh! (der Knabe ab) — das entscheidet. Ein solches Herz beglückt! wäre sie auch nicht schön, die kindliche Liebe leiht ihr himmlische Reize! Ist sie gleich arm; so vermag sie doch fünf Nächte hindurch für ihren Vater zu arbeiten. — Es ist entschieden.

Dritter Auftritt.

Liddy. Kaberdar.

Kaberdar. (als er Liddy erblickt) Ha! Sie selbst! Guten Morgen Miß.

Liddy. (im Vorbeigehen mit einer Verbeugung) Guten Morgen Sir (sie geht an die Thür, sieht hinaus, kömmt zurück, tritt ans Fenster, und scheint sich auf allen Seiten nach etwas umzusehen.)

Kaberdar. Miß Liddy erwartet vermuthlich jemand?

Liddy. (sich umkehrend) Ja Sir, einen Knaben, dem ich einen kleinen Auftrag gab. Es war mir vor einigen Minuten als säh ich ihn hier ins Haus gehen; ich muß mich aber doch geirret haben. Sie erblickt plötzlich ihre Manschetten in Kaberdars Händen, und fährt ein wenig zurück.)

Kaberdar. (stellt sich, als merke er es nicht) Ein Knabe war hier, doch vermuthlich nicht der, welchen Miß Liddy erwartete. — Sehn Sie Miß, ich habe eben ein Paar Manschetten gekauft. Wir Männer werden mit dergleichen Waar gewöhnlich betrogen. Was halten Sie davon?

Liddy. (verlegen) Sie sind recht artig.

Kaberdar. Wie hoch schätzen Sie sie?

Liddy. Ein Paar Kronen mögen sie immer werth sein.

Kaberdar. Ja Miß, Kronen sind sie werth! Wer nur Kronen hätte, um sie auf das Haupt jenes vortreflichen Mädchens zu setzen. Diese Manschetten, Miß, hat nach der Erzählung des Knaben, eine Tochter mit Aufopferung ihrer nächtlichen Ruhe verfertigt, um ihrem kranken Vater ein Labsal zu verschaffen.

Liddy. (sehr verlegen) So?

Kaberdar. Wieviel meinen Sie nun wohl, daß diese Manschetten werth sind?

Liddy. So viel, als die erfüllte Pflicht eines Kindes.

Kaberdar. Miß Liddy — (sie bei der Hand angreifend) — Ich bin ein ehrlicher Mann — wollen Sie mich heirathen? —

Liddy. (außerordentlich überrascht) Sir — mein Gott! —

Kaberdar. (ihre Hand loslassend, im gutmüthigen Tone) Fassen Sie sich! Warum erschrecken Sie? Ich wollte Sie nicht erschrecken. Es kann sein, daß Ihr Herz schon versagt ist. Reden Sie frei! Es wird mir leid thun; aber ich bleibe Ihr Freund. Warlich, ich bleibe Ihr Freund!

Liddy. (die nicht weiß, was sie sagen soll) Sir — ich habe Vater und Mutter.

Kaberdar. Erst mit Ihnen, dann mit Ihrem Vater. Liebe Liddy, Sie sind verlegen, das wünsch' ich nicht. Denken Sie, ein Paar Freunde wollten eine

eine Reise mit einander verabreden; der Eine fragt, der Andere antwortet: Hast du auch Platz für mich? Bist du nicht launisch, oder mürrisch? Verlierst du nicht gleich den Muth, wenn es einmal stürmt oder donnert? Wirst du dir bis ans Ziel keinen andern Gefährten wünschen? — Sie kennen mich Miß. Sie haben mein Thun und Lassen beobachtet. Wie ich heute bin, war ich gestern, und wie ich gestern war, werd' ich morgen sein.

Liddy. Aber nicht ich, Sir. Die wenigen Reize, welche vielleicht heute Ihr Wohlgefallen erregten, werden morgen verblüht sein.

Kaberdar. Miß, die Hand, welche diese Manschetten nähte, wird auch dann noch küssenswerth sein, wenn sie entfleischt und runzlicht, kaum noch eine Krücke zu halten vermag.

Liddy. Sie kennen mich noch nicht lange genug, und — erlauben Sie mir, mich Ihrer offenen, biedern Sprache zu bedienen — ich kenne auch Sie noch nicht lange genug.

Kaberdar. Wohlan! prüfen Sie mich, beobachten Sie mich, so oft Sie wollen, so lange Sie wollen; ich scheue nicht den Blick der Tugend.

Liddy. Fürs erste weiß ich ja noch nicht einmal, wer Sie sind?

Kaberdar. O ich danke Ihnen, Miß, daß Sie sich herablassen, darnach zu forschen. Das beweist mindestens, daß die Antwort auf meine Erklärung

noch zweifelhaft ist. Sie sollen erfahren, wer ich
bin. Noch hat kein Herz in England das Geheim=
niß meines Standes und meiner Leiden mit mir
getheilet. Ich ward am Ufer des Ganges, im
Schose des Glücks gebohren, erzogen bei meinem
Oheim, dem Beherrscher von Mysore, einem Bie=
dermanne, dessen Thron und dessen Feinde ich
erbte. Damals war ich kaum sechzehen Jahre alt.
Man gab mir Weiber, weil es die Sitte erheischte,
und einige zwanzig Jahr alt, sah ich mich schon
Vater von fünf Söhnen und einer Tochter. Ich
war glücklich, denn mich liebten die Meinigen,
mich schäzten Franzosen und Engländer; mich fürch=
teten meine Feinde und Nachbarn; der Friede
herrschte in meinem Lande und in meinem Pallaste.
Ich war glücklich, denn — Dank sei es der Vor=
sehung! — der Mensch ist blind für die Zukunft.
Daß ich Schlangen in meinem Busen nährte; daß
meine eignen Brüder mir nach Krone und Leben
trachteten, den Samen des Aufruhrs unter meine
Unterthanen streuten, das ahndete mein argloses
Herz nicht. Die Verschwörung brach aus; der
Zepter von Mysore ward in einer unglücklichen
Nacht meinen Händen entrissen, und ach! meine
Weiber, meine Söhne wurden ein Raub der blut=
dürstigen Sieger. Nur ich, meine Tochter, und
ein alter treuer Diener, waren so glücklich, unter
tausend Gefahren den Strand des Meeres zu er=
reichen. Dort lagen eben zwei englische Schiffe

segel=

segelfertig, deren eines uns aufnahm, die Anker lichtete, und in Liddy's Vaterland brachte. Will Liddy mir ersetzen, was ich verlor, so war dieser Seufzer um mein entflohenes Glück der lezte.

Liddy. (schlägt die Augen nieder, nach einer Pause) Sie sind also kein Christ?

Kaberdar. (stutzt, nach einer Pause) Es ist nur ein Weg zum Himmel, der Weg der Tugend.

Liddy. Dieser Weg führt durch die christliche Kirche.

Kaberdar. Unsere Braminen sagen: durch die Pagoden, doch dem sei wie ihm wolle, an Ihrer Hand werde ich mich nie davon entfernen. — Nun Miß, noch mehr Einwürfe; ich höre sie gern; und beantworte sie gern.

Liddy. (immer mit jungfräulicher Verschämtheit) Ihre Weiber sagten Sie, wurden ein Raub des Siegers? Sind also todt?

Kaberdar. Vermuthlich?

Liddy. Sie haben keine gewiße Nachricht davon?

Kaberdar. Nein.

Liddy. Aber wenn sie noch lebten?

Kaberdar. Wenn auch, für mich sind sie todt.

Liddy. Wie; Sie könnten? —

Kaberdar. Liebe Liddy! Messen Sie mich doch nicht mit dem Maßstabe der Europäer. Meine Weiber waren meine Sklavinnen, die ich verstoßen

D 5   konnte,

konnte, wenn mir die Lust dazu ankam. Aber gesezt auch, ich hätte sie geliebt, wie — wie ich Sie liebe; was würde ihnen meine Liebe und Treue in einer Entfernung von einigen tausend Meilen frommen? — Für mich ist mein Vaterland auf ewig verloren; ich werde nie wieder in Indiens glücklichen Gefilden wandeln.

Liddy. Wissen Sie auch Sir, welche Schlußfolge ich aus dieser Behauptung ziehen könnte?

Kaberdar. Nun?

Liddy. Wenn Sie einst England verlassen sollten, so werden Sie wieder ein anderes Mädchen heirathen, unter dem Vorwande, daß Ihre Liebe und Treue mir doch nichts mehr nüzen würden.

Kaberdar. Sie haben Recht Miß! aber einen Umstand haben Sie vergessen: Ihnen werde ich Treue schwören, und England werde ich nie wieder verlassen.

Liddy. Wer wird Sie halten?

Kaberdar. Die Liebe.

Liddy. O das arme, schwache Kind!

Kaberdar. In unserer Religion ist dies Kind ein Gott.

Liddy. Sie sprechen gut, aber Sie überzeugen mich nicht.

Kaberdar. Ich wünschte, Sie schöpften diese Uiberzeugung nur aus meinem Herzen.

Liddy.

Ein Lustspiel.

Liddy. Dringt mein Auge biß dahin?

Kaberdar. Es schwimmt in meinen Blicken. Doch wohlan! vielleicht, daß Nebendinge Ihnen kräftiger beweisen, daß der Entschluß in England zu bleiben, mir wahrhaftig Ernst ist. — Alles, was ich in jenem unglücklichen Zeitpunkt von meinen Schätzen zu retten vermogte, waren meine Diamanten: Spielwerk für einen Fürsten; ein ansehnlicher Schatz für einen Privatmann. Ich habe sie hier zu Gelde gemacht, und Ländereien dafür gekauft. Kennen Sie Roggershall?

Liddy. Roggershall war einer meiner Lieblingsspazierfahrten (mit einem halben Seufzer) als wir noch Kutsch und Pferde hatten.

Kaberdar. Es wird nur bei Ihnen stehen, sich in Zukunft so oft und so lange Sie wollen, daselbst aufzuhalten. Sie sind unumschränkte Gebieterinn auf Roggershall, ich verschreib es Ihnen zum Wittwensitz.

Liddy. Nein Sir, so war es nicht gemeint. Gesetzt auch, es käme mit uns beiden dahin — wo es noch nicht ist; so würden Sie mich doch nie überreden, Ihre Tochter zu bevortheilen.

Kaberdar. Sein Sie unbesorgt! Meine Tochter behält noch einen ansehnlichen Brautschatz übrig. Ich kenne meine Vaterpflichten; ich kenne aber auch die Pflichten gegen mich selbst — Nun, Miß, hab' ich alle Ihre Einwürfe gehoben? darf ich Ihnen
ein

ein Bild des glücklichen, einsamen Lebens vor die Augen stellen — des vollen Genusses aller häuslichen Freuden? an einem reizenden Ort, wie Roggershall, an der Seite Ihres Gatten, der gewiß einst, wo nicht auf Ihre Liebe, doch auf Ihre Freundschaft und Zuneigung rechnen darf; an der Seite meiner guten, muntern Gurli; (mit niedergeschlagenen Augen) im Kreise Ihrer Kinder; und was Ihnen vielleicht mehr gilt, als alles, in den Armen ihres alten Vaters, den ich zu mir nehmen will, dem Sie seine letzten Tage versüßen werden; der im Anblick unserer Zufriedenheit wieder aufleben wird — (Er bricht kurz ab, schweigt, und sieht Sie starr an.)

Liddy. (ist bewegt, Thränen stehn ihr in den Augen, Sie wendet sich ab von Kaberdar, faltet die Hände, blickt gen Himmel, und bleibt einige Augenblicke in dieser Stellung. Darauf kehrt Sie sich zu ihm, reicht ihm die Hand, und sagt) Nun wohl!

Kaberdar. (ergreift ihre Hand mit Entzücken, schlägt seinen Arm um ihren Nacken, und küßt sie.) Beßte der Töchter! der Himmel segne unsern Bund! Er ward aus treuem, redlichen Herzen geschlossen!

Liddy. Ja, wahrlich ward er!

Kaberdar. (seinen Ring an ihre Hand steckend) Leben Sie wohl, liebe Liddy! — Bald recht bald meine theure Gattinn! Mein Herz strömt von Freude über. Ich muß meinen alten Kameraden Musafferry aufsuchen; er hat die Last des Kummers mit mir

mir getheilt, er soll sich heute im Becher der Freuden mit mir berauschen. Leben Sie wohl! Diese Manschetten trag ich an meinem Hochzeittage. (ab).

Vierter Auftritt.

Liddy, allein.

So hab' ich der kindlichen Liebe ein Opfer dargebracht, und könnte den armen Fazir so bald vergessen? (Sie wischt sich die Augen) Ja diese Thräne darf Liddy um Fazir weinen; aber das sei auch die lezte — Pfui! keine romantische Thorheiten! Kaberdar ist ein braver Mann. Ihn um eines Jünglings willen verschmähen, dessen Herz ich blos aus seinen Augen kenne; das hieße, auf der Lebensreise den Kompaß gegen einen Schmetterling vertauschen. Ach, unter allen Thorheiten, die ein Mädchen begeht, ist immer ihre erste Liebe eine der größten.

Fünfter Auftritt.

Liddy. Samuel, nach Hause kommend.

Liddy. Herr Bruder! Du darfst mir Glück wünschen.

Samuel. Frage: Wozu?

Liddy. Antwort: Ich bin Braut.

Samuel. Du?

Liddy.

Liddy. Ja, ja, ich. Wenn Du meinen Worten nicht glauben willst, so glaube Deinen Augen. (Sie hält ihm den Ring unter die Nase.)

Samuel. (ergreift sehr begierig ihre Hand) Laß sehen zu Henker! dem Ring nach zu urtheilen, muß dein Bräutigam erster Lord der Schatzkammer seyn. Zum Teufel! Schwester, der Ring ist schön, ich muß Dir wahrhaftig die Hand küssen.

Liddy. Nun, das ist zum erstenmal in deinem Leben. Was ein schöner Ring nicht thut.

Samuel. Aber — bist Du auch überzeugt, daß dein Bräutigam — daß er diesen Ring —

Liddy. Doch wohl nicht gar gestohlen hat? Der Ring scheint Dir mehr am Herzen zu liegen, als der Bräutigam selbst. Du fragst nicht einmal nach seinem Namen.

Samuel. Sein Name kann unmöglich so viel werth seyn, als dieser Ring. Doch nun frag ich billig: wie heißt dein Bräutigam? Antwort? —

Liddy. Kaberdar.

Samuel. (heftig) Gurlis Vater?

Liddy. Antwort: Ja!

Samuel. Der Narr, dessen einziges Bestreben dahin zielen sollte, seiner muthwilligen Tochter einen braven, vernünftigen Mann zu verschaffen. —

Liddy. Fürs erste verbitte ich mir im Namen meines künftigen Gemahls alle Ehrentitels. Und was fürs zweite deine gütige Sorgfalt für Gurli betrift,

betrift, so darfst Du ja nur ihrer Stiefmutter ein gutes Wort geben, wenn Du etwan wünschen soll-test —

Samuel. Ach! da ist nichts zu wünschen, bis ich erst untersucht habe.

Liddy. Mein Gott! mit deiner ewigen Bedächt-lichkeit! das Mädchen ist gut, schön, reich, was willst Du mehr? — wenn Du Ihrer nur werth wärst.

Samuel. Gut? — Diese Frage mag fürs erste noch unbeantwortet bleiben. Schön? Antwort: ja. Reich? da muß ich billig fragen: woher weißt Du das? Antwort? —

Liddy. Wunderlicher Mensch! ich weiß es aus seinem eignen Munde, aus seiner Großmuth gegen mich. A propos! Du bist ein Liebhaber von der Jagd; künftigen Herbst kannst Du bei mir auf Roggershall Hasen hetzen.

Samuel. Bei Dir auf Roggershall?

Liddy. Aufzuwarten, Herr Bruder! Das sei Dir Beweis von Raberdars Reichthum. Wer seiner künftigen Frau ein solches Landgut zum Wittwen-sitz verschreibt, der wird doch wahrlich seine Toch-ter nicht ohne Brautschatz lassen.

Samuel. Nun da haben wir's! Ich gehe und schleiche mit der größten Vorsicht umher, ziehe al-lenthalben belehrende Nachrichten ein, stehe auf meiner Huth, suche mich auf allen Seiten sicher zu stellen,

stellen, decke mich hier und decke mich da— komm nach Hause und finde meine unvorsichtige Schwester, die wie ein Gänschen in den Tag hinein lebt, als Erb- Lehn- und Gerichtsfrau von Roggershall. Da möcht' ich billig fragen: Schicksal bist du gerecht?

Liddy. Wunderlicher Mensch? Kaberdar hat einen solchen Schatz von Diamanten mitgebracht, daß Roggershall dagegen ein Kieselstein ist.

Samuel. Diese Versicherung, wenn sie bei näherer Beleuchtung bestätigt würde, könnte Gurli neue Reize leihen.

Liddy. Gewiß, gewiß, Bruder! wir werden so glücklich sein, den Wohlstand in das Haus unserer armen Eltern zurück zu führen! wie wird sich Bruder Robert freuen, wenn er heut oder morgen aus Westindien zurück kehrt.

Samuel. Nicht so schnell Schwester, noch sind wir nicht so weit.

Liddy. Freilich Du — wenn Dich Gurli nicht haben wollte — —

Samuel. (spöttisch) Nicht haben wollte? Hm! fast möcht ich fragen: ist Liddy bei Verstande? Antwort: Schwerlich!

Liddy. St! Sie kömmt. Nun kannst Du gleich einen Sturm auf ihr Herz wagen.   Soll ich Dir beistehen?

Samuel. Ich brauche dazu keine Hilfstruppen.

Sechs-

Sechster Auftritt.
Gurli. Die Vorigen.

Gurli. Der Vater sagt: meine liebe Liddy wolle mit Gurli reden. Guten Morgen, liebe Liddy! (sie küßt sie)

Liddy. Hat der Vater sonst nichts gesagt?

Gurli. Nein sonst gar nichts.

Liddy. Nichts von meinem Bruder?

Gurli. Von dem närrischen Menschen da? Nicht ein Wörtchen. Hätt' er mir gesagt, dein Bruder sei auch hier, so wäre Gurli gar nicht herausgekommen.

Samuel. Ei! Ei! Frage: Warum? Antwort?

Gurli. Laß mich zufrieden! Gurli will mit Liddy schwatzen.

Liddy. (zu Samuel) Sollen die Hilfstruppen ausrücken?

Samuel. Nur mit Vorsicht.

Liddy. (zu Gurli) Dein Vater sagt: Du wollest heirathen.

Samuel. Mein Gott! Du fällst ja mit der Thür ins Haus.

Gurli. (gähnend) Ja ich will heirathen.

Liddy. Wen denn?

Samuel. Ja! ja! Wen denn? Antwort? —

Gurli. Ach liebe Liddy! das weiß Gurli noch nicht. Glaube mir, es ist recht eine dumme Geschichte

schichte. Der Vater meinet ja, und Gurli meinet auch ja; aber das kömmt mir eben so vor, als wolle Gurli eine Pisangfrucht pflücken, und in ganz England wächst kein Pisang. Was hilft da Gurlis Verlangen, und des Vaters Wunsch und Wille? Gurli wollte Liddy heirathen; der Vater sagt, das geht nicht. Gurli wollte Musaffery heirathen; Musaffery sagt, das geht nicht.

Liddy. Musaffery ist zu alt für Dich.

Gurli. Ja, ja, das sagt er auch.

Liddy. Aber es giebt junge flinke Bursche genug in der Welt.

Samuel. (sucht sich bestens zu präsentiren.)

Gurli. Ja liebe Liddy! da ist aber noch ein dummer Umstand. Der Vater sagt: wenn man heirathet, so muß man bei dem Manne wohnen, wenn nun, zum Exempel, mein Mann in Bengalen wohnt, und mein Vater im Lande der Maratten, so muß Gurli in Bengalen bei ihrem Manne wohnen.

Liddy. Freilich.

Gurli. Nein, das geht wahrlich nicht! Gurli liebt ihren Vater so sehr (weint) Nein, Gurli kann ihren Vater nicht verlassen. Gurli will lieber gar nicht heirathen.

Liddy. Gutes Mädchen.

Samuel. Es entsteht aber billig die Frage: Wenn ein gesetzter, vernünftiger Mann sich fände,

welcher

welcher mit ihrem Vater in einer Stadt, ja sogar in einem Lande wohnte? —

Gurli. Ha! ha! ha! Ja, das wäre allerliebst.

Samuel. Was meinen Sie denn Miß, könnten Sie zum Beispiel mich wohl lieben und heirathen?

Gurli. Lieben? nein. Aber heirathen wohl, wenn Liddy ein Gefallen dadurch geschieht.

Liddy. Sonderbares Geschöpf! Du willst heirathen ohne zu lieben?

Gurli. Warum denn nicht? muß man denn lieben um zu heirathen?

Liddy. Ich denke wenigstens hochachten.

Gurli. Ich muß Dir sagen, liebe Liddy! Gurli weiß eigentlich gar nicht recht, was heirathen für ein Ding ist.

Samuel. Das findet sich wohl. Ich werde in Zukunft Gelegenheit haben, Ihnen einigen Unterricht darin zu ertheilen. Vor der Hand hängt alles von einer deutlichen und vernehmlichen Beantwortung der Frage ab: wollen Sie mich heirathen, Miß?

Gurli. (zu Liddy) Siehst Du es gerne?

Liddy. Je nun — es ist mein Bruder.

Gurli. Topp! ich will Dich närrischen Menschen heirathen; unter der Bedingung, daß Du immer wohnst, wo mein Vater wohnt.

Samuel. (vor sich) Versprech ich denn das? Warum nicht? — Vor der Hand darf ich kühn jede Bedingung bewilligen. (laut) Die Liebe, welche Dich reizendes Geschöpf bald an den Meister Samuel Smith fesseln wird, ist mächtiger als kindliche Zärtlichkeit. Es entsteht nur noch die Frage zu beantworten übrig: wann soll denn unsere Hochzeit sein, Schöne Gurli?

Gurli. Wann Du willst (zu Liddy) Wirst Du froh sein, wenn es bald geschieht?

Liddy. Mir kanns recht sein.

Gurli. Nun so will ich Dich gleich jezt heirathen.

Samuel. (erstaunt) Gleich jezt? Nein, dazu bin ich auf keine Weise vorbereitet. (zu Liddy) Das gute Mädchen hat Feuer gefangen, aber man muß doch behutsam zu Werke gehen.

Liddy. Ich dächte Herr Bruder, Du bliebst mit Deiner Behutsamkeit für diesmal zu Hause und hieltest sie beim Worte, ehe sie sich anders besinnt.

Samuel. Alles, was mir zu thun möglich, wäre folgendes: ich geh zu einem Notarius, und dann zu noch einem, und bestelle sie beide auf diesen Nachmittag hieher.

Liddy. Beide? Warum denn zwei?

Samuel. Einer könnte krank werden, ein Bein brechen, sich des Mittags bei Tische betrinken, oder sonst ein Hinderniß eintreten. (Liddy lacht) Lache wie Du willst! Ich habe dagegen nur eine Frage aufzuwerfen:

Ein Lustspiel.

werfen: Können dergleichen Geschäfte zu vorsichtig behandelt werden? Antwort: Nein. Ich gehe, bestelle sie beide, lasse von beiden einen Contrakt entwerfen, vergleiche sie beide, verbessere sie beide, und wähle mit gehöriger Vorsicht einen von beiden. Unterdessen schöne Braut! bitte ich um einen Kuß.

Gurli. Pfui!

Samuel. (betreten) Wie?

Gurli. (zu Liddy) Soll ich ihn küssen?

Liddy. Thu es immer.

Gurli Nun da (Sie küßt ihn, wischt sich den Mund und ruft Samuel nach) Das sag ich Dir: wenn die Notarien hübscher sind als Du, so heirath ich die, und Dich nicht. (Samuel ab)

Siebenter Auftritt.

Gurli. Liddy.

Liddy. Nun liebe Gurli! was möchtest Du lieber sein, meine Schwester oder meine Tochter?

Gurli. Gurli versteht Dich nicht.

Liddy. Wenn Du meinen Bruder heirathest, so sind wir Schwestern.

Gurli. Recht! Gurli freut sich darüber.

Liddy. Gesezt aber Liddy heirathet deinen Vater; so wird Gurli Liddys Tochter.

Gurli. (sieht ihr einige Augenblicke zweifelhaft ins Gesicht) Liddy spaßt.

E 3 Liddy.

Liddy. Wer weiß! ich werde wohl Ernst machen, wenn ich nur dahinter kommen könnte, wer Dein Vater eigentlich ist? Was meinst Du? könntest Du mir wohl aus dem Traume helfen.

Gurli. Pst! das darf Gurli nicht ausplaudern.

Liddy. Warum nicht? mir wohl.

Gurli. Nicht meinem Papagei, nicht meiner Katze, nicht dem Rosenstock in meinem Zimmer.

Liddy. Aber die Ursache?

Gurli. Der Vater hats verboten.

Liddy. Ist deines Vaters Verbot Dir so heilig?

Gurli. Er hat mir in seinem Leben nichts verboten, dieses ist das erstemal.

Liddy. (umarmt sie, gerührt) Braves Mädchen!

Gurli. Närrische Liddy!

Liddy. Da Du so geheimnißvoll bist, so muß ich wohl meinen Schutzgeist zu Hilfe rufen.

Gurli. (ängstlich) Deinen Schutzgeist? hast Du einen? ach Liddy mir ist so bange.

Liddy. Sei ruhig, er ist ein Freund von guten Menschen.

Gurli. Ist er das? aber ist Gurli auch gewiß gut?

Liddy. Ja, ja, Gurli ist gewiß gut.

Gurli. Nun, was sagt dein Schutzgeist?

Liddy. (thut als ob sie auf etwas horche). Er sagt, dein Vater sei einst Nabob von Mysore gewesen.

Gurli. (schmiegt sich ängstlich an Liddy) Ach Liddy! Er hat wahrhaftig recht.

Liddy.

Ein Lustspiel.

Liddy. (wie oben) Er sagt: Gurli werde mir das übrige erzählen.

Gurli. Sagt er das? Ja dann muß Gurli wohl erzählen.

Liddy. Aber ohne Furcht liebes Mädchen!

Gurli. So schick ihn fort.

Liddy. (macht eine Bewegung mit der Hand) Er gieng schon.

Gurli. Gewiß?

Liddy. Ganz gewiß.

Gurli. Aber Gurli versteht sich schlecht aufs Erzählen, weiß nicht anzufangen, und nicht aufzuhören. — Mein Vater war Nabob von Mysore, war gerecht und gut; sie nannten ihn die Quelle des Rechts, denn er bestrafte den Derdar, wie den Wasserträger, bei ihm galt nicht Ansehen der Kasten, (weinend) und doch haben sie ihn aus seinem Vaterlande verjagt, und seine Weiber und Kinder haben sie todtgeschlagen, und mich haben sie leben lassen.

Liddy. Wer hat ihn verjagt und warum?

Gurli. Sieh nur, mein Vater hat zween Brüder, ein Paar häßliche garstige Menschen. Ha! ha! ha! der Eine schielt und hat eine Nase so lang, und der Andere einen Kopf, wie ein ausgehöhlter Kürbis, worin die Gaukler bei uns Schlangen stecken, ha! ha! ha! nun, sein Kopf war auch voller Schlangen. Der böse Mensch! Liddy, es giebt recht böse Menschen auf der Welt (mit der Faust drohend und

E 4 mit

mit dem Fuße stampfend) Wenn ich ihn hier hätte, ich wollte mit meinen Nägeln mich in seine borstige Haare hängen! — Er wäre auch gerne Nabob von Mysore gewesen, und der Andere mit der langen Nase auch. Nun da schmiedeten sie ein garstiges Bubenstück zusammen, und brachten die Nairs auf ihre Seite, und in einer Nacht überfielen sie unser Haus — ach das war ein Schrecken liebe Liddy! und ein Schreien, Winseln, Lermen — hu! mir schaudert noch, wenn ich an jene Nacht denke! ich sprang aus dem Bette war ganz von Sinnen — Ha! ha! ha! meine goldene Halskette schlang ich um den Arm, und meine Schürze wickelte ich um den Kopf, (weinend) mein armer Vater mußte fliehen, über Stock und Stein in finsterer Nacht, und Gurli floh mit ihm Gurli saß in einem Palankin, der alte Musaffery half den Palankin tragen (lachend) und weil das ungewohnte Arbeit war, so fiel er alle Augenblicke in den Koth. Endlich kamen wir an das Seeufer. Mein Vater war still und finster, sprach kein Wort; (weinend) Gurli mußte viel weinen um ihre arme Mutter und Geschwister. — Wir stiegen auf ein englisches Schiff, der Schiffer war ein närrischer lustiger Mensch. (lachend) Der machte Gurli viel zu lachen. Wir fuhren viele Tage, viele Wochen hinter einander, endlich wurde Gurli die Zeit lang, und endlich und endlich kamen wir hierher. Nun hab ich Dir alles erzählet.

Liddy.

Liddy. Ich danke Dir, und will dein Vertrauen erwiedern; aber noch hast Du mir nicht meine erste Frage beantwortet: ob Du lieber meine Schwester, oder meine Tochter sein möchtest.

Gurli. Nun Gurli möchte lieber deine Schwester sein.

Liddy. Warum?

Gurli. Weil Gurli schon eine Mutter hatte, eine gute, gute Mutter! Gurli kann sich keine bessere wünschen. Aber eine Schwester hat Gurli noch nicht gehabt.

Liddy. Nun so wollen wir als Schwestern zusammen leben, Gurli! ich heirathe deinen Vater.

Gurli. Nein Liddy, spaß nicht mit Gurli!

Liddy. Ich spasse nicht. Eben gieng er von mir, und Gott war der Zeuge unsers wechselseitigen Bundes.

Gurli. Wirklich! ha! ha! ha! (sie hüpft herum, schlägt Schnipchen mit beiden Händen und singt dazu, nach einer selbst beliebigen Melodie) Das ist mir lieb! das ist mir lieb! ich freue mich! — Liddy, ich muß Dich küssen! (sie nimmt sie mit beiden Händen beim Kopf und giebt ihr einen derben Schmatz.)

Liddy. Glückliches Mädchen! lehre mich ein Kind zu bleiben, wie Du.

Gurli. Also weiß mein Vater schon, daß Du ihn heirathen willst?

Liddy. (lachend) Freilich weiß er es.

Gurli. Schade! ich wollte, er wüßte es noch nicht. Gurli hätte es ihm so gern zuerst gesagt.

Liddy. Aber, daß Du meinen Bruder heirathen willst, das weiß er noch nicht.

Gurli. Nun das wird er zeitig genug erfahren.

Achter Auftritt.

Jack. Die Vorigen.

Liddy. (als sie ihn erblickt mit einem Schrei des Erstaunens und der Freude) Ach! Jack! wo hast Du deinen Herrn?

Jack. (immer sehr ehrbar und trocken) So eben hat man uns in den Hafen gelootset.

Liddy. (außer sich) Gurli! Gurli! Freue Dich mit mir! Bruder Robert ist gekommen! — Vater! Mutter! Bruder Robert ist gekommen.

(sie läuft hinein)

Gurli. (herumhüpfend) Allerliebst! allerliebst! Bruder Robert ist gekommen! — Hör doch, wer ist Bruder Robert? —

Jack. Sir Robert und Miß Liddy sind mit einander von einem Stapel gelaufen, er ist ihr Bruder.

Gurli. Er ist ihr Bruder? Allerliebst! und Liddy freut sich so sehr! und Gurli freut sich auch mit, wenn Liddy sich freut. Komm her Du gutiger Mensch! für die gute Nachricht muß ich Dich küssen (sie küßt den verwunderten Bootsknecht, dreht sich um,

Ein Luſtſpiel. 75

um, und indem ſie in ihr Zimmer hüpft) Bruder Robert
iſt gekommen. Bruder Robert iſt gekommen. (ab)

Jack. Ich will verdammt ſein, wenn's bei der
nicht im Oberlofe ſpuckt. An Verſtand ſcheint ſie
nicht ſchwer geladen zu haben. Aus all den glatten
Weibergeſichtern mach' ich mir ſo viel, als aus einem
aufgetrieſelten Taue. Ich wollte, wir ſtächen wieder in die See. Was wollen wir auch hier bei den
verzweifelten Landratzen! Der Alte iſt gut genug;
aber ſeine Steven ſind ein biſſel hinfällig. Gott
weiß, wie lange er noch vor dem Winde herum-
treibt. Und die Mutter iſt wie ein Orcan; ſtürmt
nie aus einer Gegend, läuft um alle Punkte des
Compaſſes herum.

Neunter Auftritt.

Sir John, welchen Liddy auf ſeinem Stuhl
herausrollt, und Jack.

S. John. Willkommen im Hafen! alter treuer
Jack!

Jack. Gott grüß Euch Sir! wie ſteht's?

S. John. Nicht zum beßten lieber Jack.

Jack. Ja, ja, der alte Rumpf fängt an zu
knacken. Ihr müßt Euch, wie ich ſehe, ſchon boog-
ſieren laſſen?

S. John. Aber diesmal iſt die Freude Herr
über den Schmerz. Was macht mein Sohn?

Jack. Er ſegelt hinter mir drein. Ich denke,
er

er muß hier sein, ehe einer noch die Querreifen in der Beesamsmastwand zählen kann.

S. John. Nun, ehrliches Blut, erzähl mir unterdessen etwas von deiner Reise. Hernach soll man Dir und deinen Kameraden ein Faß stark Bier herauf hissen.

Jack. Obligirt. Wir lichteten die Anker bei schmuckem Wetter und günstigem Süd-Süd-Ost. Der Wind sprang ein Paarmal um, aber wir sind Gott sei Dank! nie aus dem Fahrwasser gekommen.

S. John. Habt Ihr auch nicht umsonst Wind und Wetter getrotzt? Habt Ihr was vor Euch gebracht? Sind Eure Beutel brav gefüllt?

Jack. Mein Seel! unsere Beutel sind so leer, daß man sie statt der Wimpel brauchen könnte.

S. John. O weh! Ihr nahmt doch eine feine Ladung mit?

Jack. Das denk ich! Eine schmucke Ladung. Auch mochten wir wohl ein fünftausend Pfund dabei gewonnen haben, aber ich will verdammt sein, wenn noch ein Schilling davon in unserer Tasche ist.

S. John. Unmöglich! Sollte Robert, uneingedenk der Noth seines alten Vaters, alles wieder verschwendet haben?

Jack. Versündigt Euch nicht an Eurem Sohn, Sir! Nie hat ein ehrlicheres Blut Zwieback gekaut, das will ich behaupten. Ihr sollt wissen, daß wir auf unserer Rückfahrt ungefehr 200 Seemeilen westwärts von den Kanarischen Inseln steuerten, als wir

Ein Lustspiel.

wir eines Morgens früh, in der Fern ein Dings in der See erblickten, aus dem wir nicht klug werden konnten. Nicht lange so hörten wir ein Paar Platzbüchsen knallen, und sahen ein Stück Segeltuch flattern. Hotta! rief der Kapitän, das mögen wohl Nothsignale sein, und bei meiner armen Seele! so wars auch. Wir zogen die Toppmants ein, und segelten beim Winde, bis das Dings näher kam, Sir! ich bin ein harter Bursche, aber (indeme er sich die Augen wischt) ich will verdammt sein, wenn mein Boogspriet da oben sich nicht noch immer mit Spritzwasser netzt, so oft ich dran denken thue. Ein kleines lumpichtes Boot, da lagen 23 ausgehungerte Menschen drein, die in fünf Tagen keinen Bissen Zwieback zwischen die Zähne genommen haben. Ihr Schiff war mitten auf der See in Brand gerathen, sie hatten sich mit Müh und Angst ins Boot salvirt, und trieben nun so auf gut Glück vor dem Winde herum. Noch 24 Stunde länger, so wars um die armen Teufels geschehen. Der Kapitän ein feiner Mann, ein Holländer, hatte außer dem Leben und seiner seemännischen Ehre, alles verloren, und daheim saß ein junges Weib mit drei kleinen Kindern, die hatten nichts zu beißen, nichts zu brocken. Wenn er davon sprach, so pumpte er helles Wasser aus beiden Lücken heraus. Das konnte mein Herr nicht mit ansehen. Kamerad sprach er zu ihm: ich habe weder Weib noch Kind, da sind 5000 Pfund, nehmt den

Bettel

Bettel hin! und somit sezt' er ihn mit samt seinen Leuten im ersten Hafen ans Land.

S. John. That er das? nun dafür wolle Gott ihn segnen! und so freue ich mich, daß er nichts mitgebracht hat, und will gern meinen lezten Bissen mit ihm theilen.

Liddy. Guter, braver Bruder! Hab' ich's nicht immer gesagt: Vater! der Robert wird einst der Stolz Ihres Alters werden?

S. John. Der Stolz und die Freude meines Alters.

Liddy. Ach, da ist er!

Zehnter Auftritt.
Robert. Die Vorigen.
(Liddy fliegt ihm in die Arme.)

Robert. (sie an sein Herz drückend) Meine gute Liddy!

S. John. (indem er sich bemüht ihm mit seinem Stuhle entgegen zu rutschen) Verdammtes Podagra! Jack hilf mir! Heda! Bursche! der Vater ist auch da!

Robert. (ihn ein wenig ungestüm umarmend) Bester Vater!

S. John. Au weh! Du Wetterjunge! weißt Du nicht, daß ich das Podagra habe? — Nu, nu, es ist schon vorüber; komm, komm! — da dieser Kuß, und dieser Händedruck sind Zeichen meiner Freude über deine Ankunft; und dieser Segen (indem er die Hand auf ihn legt) sei Lohn Deiner edlen That.

Robert.

Robert. Welcher, mein Vater?

Liddy. O wir wissen schon alles.

Robert. (unwillig zu Jack) Hat Jack einmal wieder alten Weiber Schnak vom Stapel laufen lassen?

Jack. Mein Seel Herr! nehmt mir's nicht übel, das Maul wurd' mir flott.

S. John. Herein! Herein! ihr beiden rüstigen Bursche! die Mutter ist hinten in ihrer Kammer, und hält Betstunde. Die wird denn doch auch einmal ein freundlich Gesicht machen (indem er mit seinem Stuhl rutscht) Fort! fort! helft dem armen alten Sünder, daß er vorwärts kömmt!

Jack. Ich will mich in die Arrieregarde stationiren. (Er schiebt hinten. Alle drei ab.)

Eilfter Auftritt.

Liddy, allein.

Wie ist mir? Ach! es ist mir wunderlich zu Muthe! Ich hatte nicht das Herz zu fragen, wo er bleibt? — Ist er wieder mit gekommen? oder hat man ihn in Westindien gelassen? oder ist er krank? oder todt? — ach! — was geht das mich an? — was hab' ich darnach zu fragen? — das Schicksal will mich prüfen, ob mirs auch rechter Ernst ist, die erste Neigung meines Herzens der kindlichen Liebe aufzuopfern. Mir schien das so leicht — ach! es ist nicht

nicht so leicht, als ich dachte. Nun, um so rühmlicher ist der Sieg. — Aber seine Freundinn darf ich doch bleiben — wissen möcht' ich doch, was aus ihm geworden — der Wunsch ist nicht sträfbar. Wenn Jack heraus kömmt, werd' ich ihn fragen.

Zwölfter Auftritt.

Fazir. Liddy.

Fazir. (Fliegt auf Liddy zu, und ergreift ihre Hand) Da ist Sie! da ist Sie! ach liebe Miß! Fazir ist wieder da, und freut sich, und freut sich — gute, liebe Miß, Fazir kann das nicht so mit Worten ausdrücken, als er gern wollte. Sind Sie immer gesund gewesen? sind Sie immer froh gewesen? haben Sie auch zuweilen an den armen Fazir gedacht?

Liddy. (sehr verwirrt) Recht oft — nur heute nicht.

Fazir. Das hat mein guter Geist wohl gewußt, drum blies er mit vollen Backen unsere Segel auf, husch! husch! sind wir da, und nun liebe Liddy, müßen Sie wohl an mich denken. — Aber Sie freuen sich gar nicht, mich wieder zu sehen. Sie sollten sich eben nicht so freuen, wie ich mich freue; aber doch ein wenig, ein klein, klein wenig, denn ich bin Ihnen so gut.

Liddy. (bewegt, reicht ihm ihre Hand) Gewiß, ich freue mich.

Fazir.

Ein Luſtſpiel.

Fazir. (ihre Hand mit Inbrunſt küſſend) Gewiß, ich habe es verdient, daß Sie mir auch ein wenig gut ſind, ich habe immer und immer ſo viel an Sie gedacht, und an nichts gedacht, als an Sie. Wenn die Sonne herauf ſtieg aus dem Meere, dann breitete ich meine Arme aus, und betete — ich glaubte für mich zu beten, und ich betete für Liddy. Wenn die See ſpiegelglatt war, und ſanft, dann ſucht ich Liddys Bild darin — und ich fand es auch — denn ich fand es allenthalben, wo ich es ſuchte — ach! und ich fand es auch wohl, ohne es zu ſuchen.

Liddy. (wendet ſich, und wiſcht ſich eine Thräne aus den Augen) Bild meines armen kranken Vaters! unterſtütze mich in dieſer Stunde!

Fazir. Und als endlich die Küſte von England in blauer Ferne vor uns lag — ach Liddy! hätten Sie da den närriſchen Fazir geſehen, wie er ſich freute! Es war geſtern Abend. Die ganze Nacht mußte ich auf dem Verdeck herum tanzen, und als der Morgen dämmerte, da kam ein Vogel vom Lande hergeflogen, und ſezte ſich auf unſern Maſt; ich rief ihm zu, ich lockte ihm, ich pfiff ihm, ich hätt ihn küſſen mögen! Vielleicht dacht ich, iſt Liddy geſtern ſpazieren gegangen, und dieſer Vogel hat Ihr was vorgeſungen.

Liddy. (beiſeite) Nein, ich muß das endigen, es wird zu viel für mein armes Herz — (ſtockend) Wiſſen Sie auch ſchon Fazir — daß ich Braut bin?

Fazir. (sehr erschrocken, antwortet mit einem langen) So? (Eine lange Pause — Liddy schlägt die Augen nieder, Fazir ihr die Hand reichend, sehr traurig) Leben Sie wohl, liebe Miß.

Liddy. Wo wollen Sie hin?

Fazir. Ich — ich will fort — auf die See — in die See! — Leben Sie wohl, liebe Miß! (Er hält ihre Hand, sie schweigt, eine Pause) Ja, ich will fort, — aber ich kann nicht — wahrhaftig ich kann nicht. (eine Pause.) Miß Liddy ist wirklich Braut?

Liddy. Wirklich.

Fazir. Wird die gute Liddy auch glücklich sein?

Liddy. Sie hoft es.

Fazir. Nun Fazir wird nicht glücklich sein! aber das thut nichts, wenn nur Liddy glücklich ist! — darf ich ihn wissen, den Mann, der Liddy's Herz gewonnen hat? — Nein, nein, ich mag ihn nicht wissen, ich hasse Niemanden, er hat mir ja nichts zu Leide gethan! — ach ja! er hat mir sehr viel zu Leide gethan!

Liddy. (sehr gerührt, ihm ihren Mund zum Kuß darreichend) Bleiben Sie mein Freund!

Fazir. Ja liebe Miß, Fazir läßt sich für Sie todschlagen. — Ach! nun sind es anderthalb Monate, da hatten wir einen starken Sturm; mir war bange zu sterben, denn ich wollte Liddy noch gerne wieder sehen. Ich war ein Narr, mich vor dem Tode

Ein Lustspiel.

Tode zu fürchten; es wäre besser gewesen, ich hätte Libby nicht wieder gesehen.

Libby. Wollen Sie nicht meinen Vater und meine Mutter besuchen?

Fazir. O ja Miß, wenn Sie befehlen. Ich will alles thun, was Sie befehlen.

Libby. (ihn bei der Hand ergreifend) Kommen Sie! Kommen Sie! es ist für uns beide nicht gut, daß wir hier so zusammen stehen, und über Dinge plaudern, die nicht mehr zu ändern sind. (Sie will ihn fortführen.)

Dreizehnter Auftritt.

Mistriß Smith. Robert. Jack. Vorige.

M. Smith. Aber, mon fils, das ist gar nicht nobel von Dir, daß Du Dein sauer erworbenes Eigenthum so liederlich dissipirt hast.

Robert. Um Vergebung, liebe Mutter! das ist das nobelste, was ich in meinem Leben gethan habe.

M. Smith. Wodurch wirst Du nun Deinem Stand Ehre machen?

Robert. Durch meine Gesinnungen.

M. Smith. Recht mon fils, diese Phrase war nobel, (indem sie Fazir erblickt) Bon jour, Monsieur Fazir, je suis charmé de vous revoir en bonne santé. (zu Robert fortfahrend) Aber man muß auch die Dehors nicht negligiren, die Sonne bleibt zwar immer

mer Sonne, wenn sie gleich hinter einem Nebelschleier sich cachirt; doch das Auge blendet sie nur dann, wann sie mit all ihren Stralen decorirt erscheinet. Was dünkt Dir von dieser Allegorie?

Robert. Sehr schön liebe Mutter! aber ich bin keine Sonne, und will keines Menschen Auge blenden.

M. Smith. So wünscht' ich zum mindesten Du hättest ihren Stralen einige Wärme abgeborgt. Du ignorirst nicht, daß in diesem Hause der Mangel herrscht, daß wir auf Deine gesegnete Rückkunft mit Schmerzen harrten.

Robert. (die Achsel zuckend) Mein Seel! das thut mir Leid! Aber wäre ich in jenem Augenblick Herr einer Million gewesen, bis auf den letzten Schilling wäre sie aus meiner Tasche geflogen.

Liddy. Liebe Mutter, unser Mangel wird in Kurzem verschwinden, wenn Sie Ihre Einwilligung und Ihren Segen mir nicht versagen wollen.

M. Smith. Segen so viel Du willst; aber Einwilligung — wozu? wenn es mit der Ehre compatible ist —

Liddy. Ich denke. Unser Mithmann hat um meine Hand geworben.

M. Smith. (in einem erhabenen spöttischen Ton) So?

Liddy. Er ist ein braver Mann.

M. Smith. So?

Liddy.

Liddy. Reich).

M. Smith. So?

Robert. (Liddy die Hand reichend) Ich wünsche Dir Glück dazu; von Herzen.

Hazir. (mit einem Seufzer) Auch ich, liebe Miß.

Jack. (mit einem Kratzfuß) Immer schmuckes Wetter, und guten Wind auf die Farth!

M. Smith. Nicht so eilig, wenn ich bitten darf. Liddy, Du kennst meine Sentimens!

Liddy. Ich kenne sie; aber wenn ich Ihnen beweise, liebste Mutter! daß seine Herkunft ohne Tadel ist? —

M. Smith. Das würde dem Ding eine andere Tournure geben.

Liddy. Sie sollen es bald aus seinem eignen Munde hören, er versprach in wenig Minuten Ihnen seine Aufwartung zu machen.

M. Smith. Versprach er das? So müssen wir uns wohl ein wenig auf seinen Empfang vorbereiten. Geschwind Liddy, ehe er uns hier im Vorsal überrascht. Aber, das sag ich Dir: Deine Mutter ist eine Kennerinn. An der Art, sich bei einer so delikaten Affaire zu benehmen, werde ich sogleich den homme de qualité zu unterscheiden wissen. Folg mir!

(ab mit Liddy.)

F 3 Vier-

Vierzehnter Auftritt.

Robert. Fazir. Jack.

Robert. Sie läßt mir nicht einmal Zeit meine Schwester um den Namen Ihres Bräutigams zu fragen.

Jack. Er wird sich doch wohl nicht schämen seine Flagge sehen zu lassen.

Fazir. Er muß ein guter Mann sein, weil Liddy ihn liebt.

Robert. Auch mein Bruder Samuel schmiegt seinen vorsichtigen Hals in das Joch des Ehestandes? Hm! Soll Ich denn allein durch die Welt segeln? was meinst Du Jack!

Jack. Ich denke Sir, Ihr laßt das Heirathen bleiben. Wer an einem Weibe ankert, der liegt auf einem verdammt schlimmen Grunde, und kann am Ende das Kabeltau nicht lichten, soll' es ihm auch das Leben kosten. Ein kleiner Abstecher zuweilen, ist gut; aber zur Lebensreise muß man sich mit keinem Weibe einschiffen, man geht beim ersten Unwetter zu Grunde.

Robert. Denkst Du auch so Fazir?

Fazir. Ich denk, es sei am beßten zu sterben.

Robert. Zu sterben? Bist Du toll? Jack! was ficht unsern jungen Kameraden an?

Jack. Ich denk, er mag wohl eine schwere Liebesfracht geladen haben.

Robert.

Robert. Errathen, Fazir?

Fazir. Guter Robert! ja ich liebe.

Robert. Was zum Teufel! wir sind ja kaum ein Paar Stunden in dem Hafen. Du fängst verdammt schnell Feuer.

Fazir. O ich liebte, ehe wir noch abreisten.

Robert. Und hast mir nie ein Wörtchen davon gesagt?

Fazir. Ich liebte so heimlich im Stillen, Du hättest mich doch nicht verstanden.

Robert. Höre Schatz, das war dumm! wenn wir so zuweilen bei Windstillen auf dem Verdeck im warmen Sonnenscheine lagen, und das Schiff wie angenagelt auf einem Fleck stand; dann hättest Du mir wohl erzählen mögen, wie der Sturm in Deinem Herzen wüthe. Oder wie!? Hat Robert Dein Vertrauen nicht verdient? Bin ich nicht der einzige, der um das Geheimniß Deines Standes weiß? und hab' ich Dich verrathen?

Fazir. (an seinem Halse). Vergieb mir Bruder! es ist nicht Undankbarkeit! wahrlich nicht! Du hast mich von dem Tode errettet, hast einst mit Gefahr Deines eignen Lebens der Grausamkeit meiner Verfolger mich entrissen. Ich werde das nie vergessen, gewiß! ich bin nicht undankbar!

Robert. Schon gut! schon gut! es war mein Wille nicht, einen Dank von Dir zu erpressen. Freundschaftliches Vertrauen such' ich. Wer ist dein Mädchen.

Fazir.

Fazir. Mein Mädchen? Ach nein! Das Mädchen, das ich liebe, heißt Liddy.

Robert. Liddy? zum Teufel! meine Schwester?

Fazir. Ja, Sie ist's.

Robert. Armer Junge! nun versteh' ich, warum
Du sterben willst. Du hast Dich wohl recht herzlich auf's Wiedersehen gefreut, und findest Sie als
Braut — pfui! das ist ein schlimmer Handel. Uns
beiden, wie ich merke, ist der Ehstandswind nicht
günstig. Laß uns noch eine Weile herum kreuzen,
und statt der Liebe die Freundschaft zum Compaß
nehmen. Du sollst mein Fokmast sein, und Jack
da mein Besahnsmast. So denk ich, noch durch
manchen rauhen Wind mit Euch zu segeln; aber
wenn Ihr mich verlaßt, so liegt all meine Tacke-
lage darnieder.

Jack. Wenn ich jemals Euch verlasse, so sollt
Ihr mich kielholen lassen.

Robert. (zu Fazir) Munter, braver Junge!
säubere Dein Bogspriet vom Spritzwasser, und
winde alle Deine Kourage auf. Kommt Bursche!
Hier im Hause ist das Wetter trübe geworden; wir
wollen in der nächsten Taverne zusammen speisen,
und die Gläser auf Liddy's Wohlergehen leeren.

Fazir. Ja, auf Liddy's Wohlergehen! Kommt.

Drit=

Dritter Aufzug.

Erster Auftritt.

Die beiden Notarien, Mâster Struffel, und Mâster Staff, komplimentiren sich noch in der Thüre miteinander.

M. Struff.

Unvermuthete Freude.

M. Staff. Angenehme Uiberraschung.

M. Struff. Mâster Staff auf meinem Wege anzutreffen.

M. Staff. Mâster Struffel hier zu finden.

M. Struff. Bitte hinein zu spazieren.

M. Staff. Wird nicht geschehen.

M. Struff. Muß geschehen! Muß geschehen!

M. Staff. Bin ich nicht so unhöflich, weiß recht gut, daß der erste Platz unter den Rechtsgelehrten meinem würdigen Freunde, Mâster Struffel gebühret.

M. Struff. Späßchen! Späßchen! Doch wozu die Umstände unter einem Paar solcher Herzensfreunde! (Er zieht ihn mit sich herein)

M. Staff. Ja wohl Herzensfreunde! (Sie schütteln sich wechselseittg die Hände, und sagen beide zugleich bei Seite) Hohl dich der Teufel!

M. Struff. Wie stehts zu Hause? Alles noch wohl auf?

M. Staff. Zu Befehl! So oft ich heim komme, fragt man mich, ob ich meinen vortreflichen Freund Mâster Struffel nicht gesehen habe? Und wie stehts bei Ihnen? was macht Jakobchen mein kleiner Pathe?

M. Struff. Ein spaßhafter Schäker! ich predige ihm täglich vor, daß er sich nach meinem vortreflichen Pathen dem Mâster Staff bilden soll. (beide machen Bewegungen gegen einander; bei Seite) Der Esel!

M. Staff. (bei Seite) Der Ochse.

M. Struff. (bei Seite) Was will er hier?

M. Staff. (bei Seite) Welcher Teufel hat ihn her geführt?

M. Struff. Mein lieber Herr Mitbruder hat vermuthlich Geschäfte hier.

M. Staff. Errathen! Und mit meinem werthen Herrn Collegen wird sichs wohl gleichergestalt verhalten?

M. Struff. Zu dienen. Darf man so kühn sein, zu fragen, welche Art von Geschäften —

M. Staff. Eine Kleinigkeit; ein Ehekontrakt.

M. Struff. (dem der Kamm zu schwellen beginnt) So? ein Ehekontrakt? Ei! Ei! Späßchen! ich bin aus der nämlichen Ursache hier.

M. Staff. Ei! Ei! So ist ja dieses Haus recht gesegnet? Mich hat der Herr Zollinspektor Samuel Smith her beschieden.

M.

Ein Lustspiel.

M. Struff. Ei! Ei! der Nämliche hat auch mich bestellt.

M. Staff. Ei! Ei! Kurios! und kaum glaublich.

M. Struff. (hizig) Glaublich, oder nicht, Mäster Staff, aber doch wahr.

M. Staff. Sie werden sich irren, Herr Confrater!

M. Struff. Ich irre mich nie, Herr Confrater! und ein für allemal, Herr Confrater! Sie sind ein gewissenloser Mann, der nur drauf ausgeht, seinem Nebenmenschen das Brod wegzuschnappen.

M. Staff. Wie Herr Confrater, Sie unterstehen sich?

M. Struff. Ja Herr Confrater, ich unterstehe mich.

M. Staff. Es wird Ihnen übel bekommen, Herr Confrater!

M. Struff. Das wollen wir sehen, Herr Confrater!

M. Staff. Sie werden am besten thun, Herr Confrater, wenn Sie wieder dahin gehen, wo Sie hergekommen sind.

M. Struff. Und Sie werden am besten thun, wenn Sie zum Teufel gehen!

M. Staff. Da müßte ich Sie nach Hause begleiten.

M. Struff. Ich würde mich schämen, mit Ihnen über die Straße zu gehen.

M. Staff. Die Leute würden sich wundern, Sie doch auch einmal in honetter Geselschaft zu sehen.

M. Struff. In honetter Geselschaft bin ich immer, wenn ich nicht in der Ihrigen bin.

M. Staff. Herr Sie werden grob.

M. Struff. Und Sie sind es schon.

M. Staff. Wenn Sie nicht bald gelindere Saiten aufspannen, so werde ich Ihnen meine Faust zu fühlen geben.

M. Struff. Immer her damit! ich habe schon lange gewünscht, mich einmal mit solch einem Windhunde zu baren.

M. Staff. Vortreflich! obgleich es mir nicht viel Ehre machen wird, ein solches Mastschwein unter die Füße zu treten. (beide werfen ihre Oberkleider und Perüken ab, und setzen sich in Postur zweier Faustkämpfer.)

Zweiter Auftritt.

Der Visitator. Die Vorigen.

Visitator. (sogleich zwischen Sie springend) Geschwinde! geschwinde! was zum Henker! meine Herren! ich glaube, Sie wollen sich in aller Eil ein wenig baren.

M. Struß. (auf M. Staff zeigend) Sie sind der Schutzengel dieses Menschen.

M.

M. Staff. (auf M. Struſſel zeigend) Ihnen verdankt er ſein Leben. (Sie holen ihre Kleider und Perücken wieder hervor.)

M. Struſſ. Aber wir finden uns wieder, Mäſter Staff.

M. Staff. Ja, ja, wir werden uns finden, Mäſter Struſſel!

Viſitator. Wollen Sie nicht die Güte haben, mir zu entdecken, warum Sie geſonnen waren, ſich hier in aller Geſchwindigkeit, die Hälſe zu brechen.

M. Struſſ. u. M. Staff (beide aus vollem Halſe ſchreiend) Der Eine. Er behauptet, Sir Samuel Smith habe ihn her beſtellt, wegen eines Ehecontrakts, den er doch, nur mir allein aufgetragen, auszufertigen, und in allen ſeinen Punkten wohl zu verklauſuliren.

Der Andere. Er iſt ſo unverſchämt, zu behaupten, man habe ſeiner ungeübten Feder einen Ehecontrakt anvertraut, deſſen Hauptinhalt Sir Samuel Smith vor wenig Stunden mir in die Feder diktirt.

Viſitator. (ſich beide Ohren zuſtopfend) O weh! meine Herren, o weh! das Trommelfell wird mir platzen.

Drit-

Dritter Auftritt.

Samuel. Die Vorigen.

(Beide Notarien auf Samuel zustürzend) Hier ist der Contrakt, Sir!

Samuel. Vorsichtig! meine Herren! vorsichtig! Sie werden mich über den Haufen rennen.

M. Struff. Erscheine ich nicht anhier auf Ihren Befehl?

Samuel. Ja wohl.

M. Staff. Haben Sie mich nicht her bestellt?

Samuel. Ja wohl.

M. Struff. Haben Sie mir nicht aufgetragen, einen Ehcontrakt für Sie auszufertigen?

Samuel. Ja wohl.

M. Staff. Soll' ich nicht einen Ehcontrakt für Sie mitbringen?

Samuel. Ja wohl.

M. Struff. Nun Mäster Staff?

M. Staff. Nun Mäster Struffel?

M. Struff. Aber darf man fragen, Sir, warum Sie zween der berühmtesten Rechtsgelehrten in einer Sache bemühen, wo allenfalls auch ein halber hinlänglich gewesen wäre?

Samuel. Warum? Hätte denn nicht einem von Ihnen ein Unfall zustoßen können, der ihn gehindert hätte, zu der bestimmten Zeit zu erscheinen?

M.

Ein Lustspiel.

M. Staff. Nicht weislich Sir, nicht weislich! Sie hätten dadurch beinahe einen blutigen Streit zwischen mir und meinem würdigen Confrater, dem Mäster Struffel veranlaßt.

M. Struff. Sehr unbedachtsam Sir, ein Paar alte Herzensfreunde so um nichts und wieder nichts in Harnisch zu jagen.

M. Staff. Wenn wir uns beide nicht so sehr liebten —

M. Struff. Und so sehr hochschätzten — (beyde sich die Hände reichend) Ha! ha! ha! es bleibt doch beim Alten?

M. Staff. Unsere Freundschaft ist Felsenfest!

Visitator. Eilig gebart und schleunig wieder vertragen. Eine solche Geschwindigkeit ist lobenswerth.

Samuel. Wo sind die Contrakte?

Beide. Hier!

Samuel. Ich ersuche Sie, langsam und deutlich zu lesen.

M. Struff. Lesen Sie Mäster Staff.

M. Staff. Ich bitte Mäster Struffel, lesen Sie.

M. Struff. Bewahre der Himmel! ich kenne meine Pflicht.

M. Staff. Und ich die Meinige.

M. Struff. Wozu die Umstände? ein Paar berühmte Männer wie wir, können einen Contrakt

trakt doch nur auf einerlei Manier ausfertigen; es
ist also gleich viel, welcher von uns beiden liest.

M. Staff. Eben deswegen.

M. Struff. Nun wenn Sie durchaus befehlen.
(Er zieht seine Brille hervor und liest) Kund und zu
wissen sei hiermit einem jeden, dem es zu wissen
nöthig —

M. Staff. (Welcher sein eignes Manuskript zu Rathe zieht) Mit Erlaubniß, Herr Confrater, es muß
heißen: Kund und zu wissen sei hiermit einem jeden,
dem daran gelegen —

M. Struff. (auffahrend) Wie so Herr Confrater?

M. Staff. Weil der mögliche Fall eintreten
kann, daß es Manchem sehr nöthig zu wissen, dem
jedoch gar nichts daran gelegen. Umgekehrt hin=
gegen, kann niemanden daran gelegen sein, dem
es nicht auch nöthig sein sollte, zu wissen.

M. Struff. Eine sehr feine Distinction.

M. Staff. (eben so) Freilich nicht für jeder-
manns Gehirn.

M. Struff. Sie sind ein Ignorant Herr Confrater.

M. Staff. Wie! was! ich ein Ignorant?
Wenn ich meine Gelehrsamkeit unter 99 Menschen
theile, so sind sie alle so gelehrt, als Mäster
Struffel.

M. Struff. Ja, wenn sie es vorher schon

Ein Lustspiel.

Samuel. Um Verzeihung Mäster Struffel, ich glaube, Mäster Staff hat Recht.

M. Struff. Wie? Er hat Recht?

Samuel. Die Vorsicht gebietet, die unbestimmtesten Ausdrücke zu wählen.

M. Struff. Sie sind ein Narr mit Ihrer Vorsicht.

M. Staff. Samuel und der Visitator zugleich. Ein Narr? Ein Narr? Er Grobian! pack er sich fort! Marsch! die Treppe hinunter! (Sie fallen alle drei über ihn her, und transportiren ihn nach der Thür.)

M. Struff. (indem er hinausgeworfen wird) Und ich sage, es muß heißen: Kund und zu wissen sei hiermit einem Jeden, dem es zu wissen nöthig.

Samuel. Nun Mäster Staff, nun werden wir ruhig, und mit gehöriger Vorsicht den Kontrakt untersuchen können. Lesen Sie!

M. Staff. (setzt die Brille auf und liest) Kund und zu wissen sei hiermit einem jeden, dem daran gelegen.

M. Struff. (steckt den Kopf durch die Thür) Einem jeden, dem es zu wissen nöthig!

Visitator. (ihn wegjagend) Geschwinde! Geschwinde! Fort! fort! fort!

Vier=

Vierter Auftritt.

Kaberdar aus seinem Zimmer. Die Vorigen.

Kaberdar. Nein, länger ist es nicht auszuhalten, darf ich fragen Sir, ob die bösen Geister ihr Spiel vor meiner Thüre treiben?

Visitator. So eben haben wir ihn in der größten Geschwindigkeit hinaus geworfen.

Kaberdar. Wen? den bösen Geist?

M. Staff. Ja wohl bösen Geist! Dämon! Cacodämon! Spiritus infernalis!

Samuel. Wir sind hier versammelt Sir, um wegen des Glücks Ihrer Tochter mit einander zu berathschlagen.

Kaberdar. Was geht Sie das Glück meiner Tochter an?

Samuel. Antwort: sehr viel. Miß Gurli fühlte, daß sie einen vorsichtigen, seine Worte abwiegenden, und seine Schritte abmessenden Gefährten auf der schlüpfrigen Bahn dieses Lebens vonnöthen habe. Ihre vernünftige, lobenswürdige, und untadelhafte Wahl, fiel auf mich, und es entsteht anjezo nur noch die Frage: hat Gurlis Vater nichts gegen unsere Verbindung einzuwenden? Antwort?

Kaberdar. (sieht ihn starr an, schüttelt den Kopf, kehrt sich dann um, öfnet die Thür seines Zimmers, und ruft) Gurli!

Gurli.

Ein Lustspiel.

Gurli. (lawendig) Vater!

Kaberdar. Komm heraus!

Fünfter Auftritt.

Gurli. Die Vorigen.

Gurli. Was willst Du, Vater? (sie erblickt den Notarius) ha! ha! ha!

Kaberdar. Ernsthaft Gurli.

Gurli. (streichelt ihm die Backen) Was befiehlt mein Vater?

Kaberdar. (auf Samuel deutend) Willst Du diesen Mann heirathen?

Gurli. Ich hab' es Liddy versprochen.

Kaberdar. Liebst Du ihn.

Gurli. Ich liebe Liddy.

Kaberdar. Aber Liddy wird nicht dein Gemahl, sondern Er.

Gurli. Aber er ist Liddys Bruder.

Kaberdar. (bei Seite) Das ist sein größtes Verdienst.

Gurli. Und er wird immer wohnen, wo Du wohnst, Vater! Gurli wird Dich nie verlassen, und Liddy wird auch da wohnen. Nicht wahr närrischer Samuel?

Samuel. Antwort: ja!

Kaberdar. Du hoffest also glücklich mit ihm zu werden?

Gurli. Mit ihm allein nicht, aber mit Ihm, mit Dir, und mit Liddy.

Kaberdar.. Nun Gott segne Euch! ich habe nichts dagegen einzuwenden (er umarmt seine Tochter, und nachher Samuel, der sich dabei mit vieler Feierlichkeit benimmt) Sir, Sie werden zugleich mein Sohn und mein Bruder.

Samuel. Doppelte Ehre! doppeltes Vergnügen! doppelte Zufriedenheit!

Kaberdar. Wenn es nämlich doppelt gelingt.

Samuel. Kein Zweifel. Wäre es Ihnen nun gefällig, den Kontrakt vorlesen zu lassen?

Kaberdar. Mir gleichviel, denn mich kann er nur in einem Punkte betreffen; in dem Punkte der Aussteuer.

M. Staff. Da haben wir Platz gelassen (indem er ihm das Papier zeigt.)

Kaberdar. Und zwar so viel, daß man den Titel eines großen Königreichs mit allen Provinzen, die es besizt, und nicht besizt, hinein schreiben könnte. Haben Sie mich für so reich gehalten Sir?

Samuel. Für sehr reich und sehr großmüthig.

Kaberdar. Wirklich! dann muß ich ein seltner Mensch sein, denn reich und großmüthig fand ich noch nie beisammen. Doch jede Tugend kann ausarten, so auch die Großmuth, Sie wissen Sir, ich stehe auf dem Sprunge selbst wieder zu heirathen, und

und sehr möglich, daß einst noch ein Dutzend Kinder Anspruch auf meine väterliche Großmuth machen.

Samuel. (verlegen) Ja, ja.
Visitator. Ei, ei!
M. Staff. Hm! hm!

Raberdar. Wie viel halten Sie daher für nothwendig, um mit meiner Tochter nicht dürftig und nicht im Uiberflusse, nicht karg, und nicht verschwenderisch leben zu können?

Samuel. Je nun, in solchen Fällen muß man immer lieber zu viel, als zu wenig berechnen.

Raberdar. Und wenn uns nun auf der Mittelstraße eine Summe von zehn tausend Pfund aufstieße?

Samuel. (freundlich) Ach die würden wir nicht liegen lassen.

Visitator. (dem Samuel ins Ohr) Geschwind zur Sache gethan! geschwinde!

M. Staff. Und die Zahl derselben in diesem leeren Platz einzuschalten.

Samuel. Uiberdies schmeichle ich mir mit einer geneigten Antwort auf folgende Frage: wenn der Himmel unsere Ehe mit Kindern segnet —

Gurli. Ha! ha! ha! Hör doch! bekommen wir denn auch Kinder?

Samuel. Ich hoffe es.

Gurli.

Gurli. Da wird Gurli viel lachen müssen. Gurli hat noch nie Kinder gehabt.

M. Staff. Hora ruit: das heißt, die edle Zeit verstreicht. Wär' es Ihnen gefällig, durch die Unterschrift der Contrahenten diesem Contrakt die gehörige Giltigkeit, Festigkeit und Unauflöslichkeit zu ertheilen?

Samuel. Wohl gesprochen. Geh' er, mein lieber Visitator, und beruf er meine Familie hieher. Sämtliche Personen müssen bei dieser Feierlichkeit gegenwärtig sein. (*Visitator ab*) Noch eine Frage werden Sie gütigst erlauben: die Früchte, welche aus dieser Eheverbindung zu erwarten stehen, in welcher Religion sollen sie erzogen werden? Antwort? —

Kaberdar. (ein wenig warm) Erziehen Sie sie zu ehrlichen Männern, übrigens machen Sie mit ihnen, was Sie wollen.

Sechster Auftritt.

Sir John. Mistris Smith. Liddy. Visitator. Die Vorigen.

Visitator. Sie kommen, sie kommen.

M. Smith. (nachdem sie den Anwesenden eine nachlässige Verbeugung gemacht, schnell auf ihren Sohn zu fahrend) Mon fils! Du erblickst Deine Mutter au desespoir! willst Du der Barbar sein, der Holzapfel auf einen Pfirsichbaum pfropft?

Sa-

Samuel. (indem er sie zu sich zieht) Keine Rose ohne Dornen. (Ihr geheimes Gespräch beginnt.)

Gurli. (zu Liddy) Nun Schwesterchen, bist Du mit Gurli zufrieden?

Liddy. Gurli ist ein gutes Mädchen.

S. John. (zu Kaberdar) Sir, Sie haben einen alten Mann in der Philosophie seines Lebens ganz irre gemacht. Hätte man mir gesagt, fahr hinaus auf die Landstraße, wo täglich tausende vorüber gehen, dort wirst du einen Schatz finden; wahrlich! ich hätte es eher geglaubt, als einen reichen Mann anzutreffen, der sich großmüthig mit einer herunter gekommenen Familie, ohne Rang und Vermögen verbinden will.

Kaberdar. O weh Sir! welch ein Land ist ihr Europa, wenn das, was sie sagen, Ihr Ernst war? Bei uns brütet die warme Sonne nicht solchen Unsinn aus.

S. John. Ihre Hand Sir! Ich habe so lange den Druck von der Hand eines Biedermannes entbehrt. Sie sind mein Arzt, Sie gießen neue Kraft und neues Leben in die Adern eines Greises.

Kaberdar. Ich thue nichts umsonst, meine Belohnung ist eine Perle (indem er zärtlich nach Liddy blickt) wie, weder Ceylon, noch das glückliche Arabien, weder Japan, noch die Margaretheninsel sie liefern. (er spricht mit Liddy.)

Visitator. (zu Mist. Staff) Alles schon gut;

aber dergleichen Dinge müssen eilig und schleunig betrieben werden.

M. Staff. Ja wohl! Vor allen Dingen müssen die Formalitäten beobachtet werden. Liebe, Dank, Glückseligkeit, und sonst dergleichen Schnickschnack mehr ist, findet sich am Ende alles von selbst.

Samuel. Aber, liebe Mutter, wenn Sie auch aus Ihrem Stammbaum ein Ragout machen lassen, so legen wir uns doch jeden Abend hungrig zu Bette.

M. Smith. Ei, mein Sohn! ich abandonire Dich; denn ich sehe, verschwendet ward die edle Muttermilch, die ich Dir eingeflößt habe.

Gurli. (welche sich hinter sie geschlichen, steckt den Kopf zwischen beide) Was schwatzt Ihr da so heimlich mit einander?

M. Smith. Eine feine Lebensart! nie werde ich es wagen dürfen, dieses Geschöpf in einen brillanten Zirkel einzuführen.

Aberdar. (ein wenig empfindlich) Ich hoffe Mapam, Sie werde einst eine bessere Figur im häuslichen Zirkel Ihrer Kinder spielen.

M. Smith. (spöttisch) Freilich, eine gute Hausmutter hat auch Verdienst.

S. John. In jedem Stande. Davon ist unsere Königinn ein erhabenes Beispiel.

Samuel. Wir verplaudern die edle Zeit.

Visitator. Ja wohl! ja wohl!

Gurli. Nun so mach fort!

Ein Lustspiel. 105

M. Staff. Der Contrakt ist zur Unterschrift bereit.

Samuel. Wohlan denn! hier ist Feder und Dinte (indem er das Papier zurecht legt) auf dieses Plätzchen wird Miß Gurli Ihren Namen schreiben.

Gurli. Glaubst Du, närrischer Mensch, Gurli verstünde nicht zu schreiben? Gieb her! (sie nimmt die Feder.)

Kaberdar. (unruhig) Noch einmal, meine Tochter, besinne Dich wohl! das Glück Deines Lebens hängt an einem einzigen Worte. Hast Du einmal geschrieben, so ist Dein Versprechen unwiderruflich.

Gurli. Lieber Vater, Gurli will immer drauf los schreiben; sieh nur, Robby sieht mich so wehmüthig an, und der alte Mann da scheint es auch zu wünschen, der alte Mann gefällt mir, er sieht so ehrlich aus.

Kaberdar. In Gottes Namen! es ist Dein freier Wille, Deines Vaters Segen, und — so Gott will — ein guter Engel sei mit Dir! (Gurli will schreiben.)

Samuel. Halt! schöne Gurli! halt noch einen Augenblick! mir wird auf einmal so ängstlich. Ist denn auch gewiß nichts vergessen? keine Klugheitsregel? keine Clausul?

M. Staff. Nichts, nichts. Master Staff hat für alles gesorgt.

S. John. Mein Sohn! Dein Betragen verräth wenig zartes Gefühl.

M. Smith. Vielleicht sind es die Geister Deiner Ahnen, welche Dir in diesem entscheidenden Augenblick zuflüstern.

Samuel. Nicht doch ma chere Mere! (zu Kaberdar) die 10000 Pfund Sir, deren Sie gütigst zu erwähnen beliebten, werden doch gleich nach der Hochzeit ausbezahlt!

Kaberdar. (sehr kalt) Am Hochzeittage, Sir.

Samuel. (zu Gurli) Nun so schreiben Sie schöne Gurli. (Gurli will schreiben) (Samuel. Aber doch halt noch einen Augenblick! ich befinde mich wirklich in einer sonderbaren Lage. Man kann nicht vorsichtig genug zu Werke gehen.— Nur noch eine Frage Sir: werden die 10000 Pfund in Banknoten, oder in klingender Münze ausgezahlt? Antwort?

Kaberdar. (unwillig) Wie Sie wollen Sir! wie Sie selbst wollen.

Samuel. In klingender Münze denn, wenn es Ihnen so gefällig wäre.

Kaberdar. Recht gerne.

Samuel. Nun so schreiben Sie.

Gurli. (indem sie schreiben will) Närrischer Mensch! Du machst mir Langeweile.

Samuel. Halt! halt! noch einen Augenblick!

Liddy. Bruder, Du wirst unausstehlich.

Kaberdar. (zu Liddy) Sie sind sein Schutzengel.

Samuel. Es bleibt billig noch eine wichtige Frage zu erörtern übrig. Wenn einst der Vater

meiner

Ein Lustspiel.

meiner schönen Gurli Todes verfahren, und keine anderweitige Leibeserben hinterlassen sollte, so —

Kaberdar. So ist Gurli Erbinn meines ganzen Vermögen

Samuel. (sehr freundlich) Unterthäniger Diener! alle Zweifel sind gehoben. Sir Samuel Smith faßt muthig und kühn einen raschen Entschluß. Schreiben Sie Gurli!

Gurli. Nun ich will schreiben. Wenn Du aber noch einmal, halt! schreist, so werfe ich Dir die Feder und das Dintenfaß an den Kopf.

S. John. Und das von Rechtswegen.

Samuel. Schreiben Sie! schreiben Sie!

Indem Gurli die Feder eintaucht ihren Namen zu schreiben, treten

Siebenter Auftritt.

Robert und Jack herein. Die Vorigen.

(Gurli läßt sogleich die Hand sinken, und begafft Robert.)

Robert. Potz tausend! große Gesellschaft!

Jack. Und Sirenen die Menge, wendet Euer Schiff Sir.

Robert. Narr, ich bin kein Weiberscheu.

Samuel. Du kommst eben recht Bruder, um Deinen Namen als Zeuge unter meinen Ehecontrakt zu schreiben.

Robert.

Robert. Herzlich gerne! viel Glück auf die Fahrt.

S. John. Robert! hier steht ein Biedermann, der künftig zu unserer Familie gehören wird.

Robert. Das ist mir lieb, Sir. Ich halte nichts von Komplimenten. Ihre Hand Sir (er schüttelt sie) Ich bin Ihr Diener! und wenn's wahr ist, daß Sie ein Biedermann sind, so bin ich Ihr Freund.

Kaberdar. Freundschaft ist die Blüte eines Augenblicks, und die Frucht der Zeit.

Robert. Wahr! sehr wahr! was vor der Zeit reift, schüttelt der erste Wind herunter.

Gurli. (neugierig zu Liddy) Wer ist der Mensch?

Liddy. Das ist Bruder Robert.

Gurli. Bruder Robert? Ah Bruder Robert gefällt mir.

Robert. Ist das die Braut? Ich freue mich Ihrer Bekanntschaft (er geht auf sie zu) Erlauben Sie mir einen Kuß.

Gurli. Zehen, wenn Du willst (sie läßt ihn.)

Samuel. Nun Miß, ich bitte zu schreiben.

M. Staff. Die Formalitäten ziehen sich in die Länge.

Samuel. (zu Gurli dringend) Ist's Ihnen gefällig?

Gurli. (schüttelt den Kopf.)

R.

M. Smith, (halb in sich hinein) Dies ist die langweiligste Verlobung, der ich jemals beigewohnt habe.

Gurli. (zu Liddy) Höre doch Liddy! Bruder Robert gefällt mir besser als Bruder Samuel.

Liddy. Närrisches Mädchen.

Kaberdar. Gurli Du wirst kindisch.

Gurli. Sei nicht böse lieber Vater! Gurli hat ihren freien Willen.

Kaberdar. Den hat Sie.

Gurli. Nun Liddy, gilt Dir's gleich viel, ob Gurli deinen Bruder Samuel, oder deinen Bruder Robert heirathet?

Liddy. (lachend) Mir wohl, liebe Gurli, aber nicht Samueln.

Gurli. Ach! was! der närrische Mensch! wer wird ihn fragen! (Sie geht zu Robert) Lieber Bruder Robert! willst Du wohl so gut sein, Gurli zu heirathen?

Robert. (sehr erstaunt) Wie? was?

M. Staff. Ein sonderbarer Casus.

M. Smith. C'est unique.

Visitator. Unbegreiflich geschwind.

Samuel. Ich werde zu Stein.

S. John. (lächelnd zu Kaberdar) Einer meiner Söhne ist der glückliche, mir gleich viel, welcher.

Kaberdar. (bedeutend) Mir nicht gleich viel.

Gurli. Nun, Du antwortest mir nicht.

Robert.

Robert. Zum Henker, was soll ich antworten?

Gurli. Gefall ich Dir nicht?

Robert. O ja.

Gurli. Nun Du gefällst mir auch. Du bist so ein drolliger Mensch, ich seh Dir gern in die Augen. Deine Augen sprechen so, daß man immer antworten möchte, wenn man gleich nicht weiß was. Nun!

Robert. Miß, ich kenne Sie gar nicht. Ich sehe Sie heute zum erstenmal in meinem Leben.

Gurli. Ja freilich, ich Dich auch. Aber Gurli will Dich gerne immer sehen.

Liddy. Bruder, auf meine Gefahr.

Robert. Zum Henker, das Mädchen ist allerliebst, aber ich kann Sie doch nicht betrügen. Miß, ich bin ein armer Teufel, ich habe nichts als ein Schiff von 1200 Tonnen, damit laufe ich morgen in die weite See, und gehe vielleicht übermorgen zu Grunde.

Gurli. Du sollst nicht in die See laufen, Du sollst bei Gurli bleiben.

Robert. Und mit Gurli hungern.

Kaberdar. Sir, diese Geschichte ist einzig in ihrer Art, und muß sie sonderbar überraschen. Sie ist meine Tochter; ein gutes Mädchen, ein Kind der Natur, ihr Brautschatz 10000 Pfund Sterling. Weiter hab ich nichts dabei zu sagen.

Robert.

Robert. Sir, ich mache mir aus 10000 Pfund Sterling so viel, als aus einer verfaulten Planke; und ich wollte mich auch nicht gern von meiner Frau todt füttern lassen.

Gurli. Narr, ich will Dich füttern, aber nicht todt füttern. Heirathe mich immer, es soll Dich nicht gereuen. (sie streichelt ihm die Wangen) ich will Dich so lieb haben, so lieb —

Robert. (lachend) Ein närrischer Handel! Nun in Gottes Namen! ich bins zufrieden.

Gurli. (freudig) Bist Du? laß Dich küssen!

Samuel. Robert ist das brüderlich gehandelt? mir mein Glück vor dem Munde wegzufangen?

Robert. Beim Teufel! nein! — Nein Miß, ich kann Sie nicht heirathen.

Gurli. (traurig) Nicht? warum denn nicht?

Robert. Mein Bruder hat ältere Ansprüche auf Sie.

Gurli. Dein Bruder ist ein Narr!

Samuel. Sachte Miß! haben Sie mir nicht hundertmal versprochen, mich zu heirathen. Antwort? —

Gurli. Ob grade hundertmal, das weiß Gurli nicht; aber versprochen hab' ich es.

Samuel. Gut. Waren Sie nicht eben im Begriff den Contrakt zu unterschreiben? — Antwort? —

Gurli. Freilich war ich, aber nun will ich nicht mehr.

Sa-

Samuel. Bruder, Du hast gehört, wie die Sachen standen.

Robert. Das hab ich. Nein Miß, daraus wird nichts.

Gurli. Aber ich will ihn nicht! ich will ihn nicht! ich will ihn nicht! Du närrischer Samuel, was willst Du mit Gurli anfangen, Gurli will Dich nicht haben.

Robert. Das gilt mir gleichviel Miß; Sie mögen thun, was Ihnen beliebt, aber ich bin sein Bruder, und ich darf Sie, hohl mich der Teufel, nicht heirathen.

Gurli. Sag mir recht im Ernst! Gefall ich Dir?

Robert. Bei meiner armen Seele! Du gefällst mir.

Gurli. Nun so mußt Du mich heirathen! Liddy sag ihm das.

Liddy. Die Schwester kann nur rathen und bitten, nicht befehlen.

Gurli. Wer kann ihm dann befehlen? (zu S. John) Du bist sein Vater, befiehl ihm!

S. John. Weiß Gurli nicht von Ihrem eignen Vater, daß man in solchen Fällen den Kindern gern ihren Willen läßt.

Gurli. Nun so bitt ihn! wenn mein Vater mich bittet, so thu ich alles, was er haben will. Ja, ja, Vaterchen, bitt' ihn! bitt ihn! (indem sie

um

um ihn herumhüpft, und ihm die Wangen streichelt, stößt sie ihm von ungefähr an seinen podagrischen Fuß.)

S. John. (laut aufschreiend) O weh! o weh! mein Bein! mein Bein! daß Dich das Donnerwetter! o weh! weh!

Gurli. (erschrocken und ängstlich) Sei nicht böse! Gurli hats nicht gern gethan.

S. John. Liddy hilf mir fort! hilf mir aus dem Gedränge! Hier sind so viele Menschen um mich her, und es kömmt doch nichts zu Stande. Fort! fort!

Kaberdar. (zu Liddy) Erlauben Sie, daß ich Sie begleite.

Liddy. Recht gern. (sie fahren beide den Alten hinein.)

Achter Auftritt.

Mistriß Smith. Gurli. Robert. Jack. Samuel. Mäster Staff. Der Visitator.

Gurli. (sehr betrübt) Ich habe den armen alten Mann an seinem kranken Fuß gestoßen. Gurli hat es gewiß nicht mit Fleiß gethan.

M. Smith. Ha! ha! ha! Das dénouement der Scene hat mich ein wenig amüsirt.

M. Staff. Dergleichen Sponsalia sind mir in praxi noch nicht aufgestoßen.

Visitator. Wenn man nicht eilig und schleunig andere Maaßregeln ergreift,—

Robert. So wird aus der ganzen Sache nichts.

Jack. (zu Robert) Ihr seid ihm in der Quere aufs Thau gekommen, und habt ihm die Fahrt verschlagen.

Samuel. Das Blut in meinen Adern ist geronnen. In welches Labyrinth hab ich mich aus lauter Vorsicht verwickelt.

Gurli. (zu Robert) Nun Sauertopf! hast Du Dich besonnen, ob Du Gurli heirathen willst?

Robert. Sie scheinen mir ein gutes Mädchen? Nicht wahr, Sie lieben Liddy als Ihre Schwester?

Gurli. Ja, das thut Gurli.

Robert. So setzen Sie einmal den Fall: Liddy wollte gern einen guten braven Mann heirathen, und Sie nähmen Ihr den Mann so mir nichts dir nichts vor der Nase weg. Könnten Sie das?

Gurli. Pfui! das könnte Gurli nimmermehr thun.

Robert. Und doch verlangen Sie von mir, daß ich meinem Bruder einen solchen Streich spielen soll.

Gurli. Liebst Du denn den närrischen Samuel eben so stark, als ich die gute Liddy liebe?

Robert. (etwas stockend) Er ist mein leiblicher Bruder.

Gurli. Ach Gott! das ist traurig. Gurli muß weinen. (sie weint)

Jack.

Ein Lustspiel.

Jack. Das Wetter fängt an schlecht zu werden, die See geht hohl.

M. Staff. Aus dem Vorgefallenen läßt sich abstrahiren und ominiren, daß mein Officium vor der Hand hier überflüßig wird. Ich eile daher —

Samuel. Warten Sie, warten Sie Master Staff!

M. Staff. Ei wozu? Jede meiner Stunden führt Gold im Munde. Die heutige Versäumniß stelle ich Ihnen unterdessen à Conto, und habe die Ehre mich der ganzen Gesellschaft bestens zu recommandiren. (ab)

M. Smith. Ha! ha! ha! Das wäre also das Ende vom Liede. So gehts, wenn man noble Denkungsart verläugnet. (ab in ihr Zimmer)

Samuel. (nach einer Pause) Billig entsteht nunmehro die Frage: was ist anzufangen? Antwort: ich weiß nicht. (Er geht seiner Mutter nach)

Jack. Die Luft wird klar Herr (auf den Visitator deutend, welcher neugierig stehen geblieben) Aber da steht noch eine Wasserhose.

Robert. Richte Dein Geschütz darauf.

Jack. (zum Visit) Guter Freund, stellt einmal Eure Takellage auf, und segelt zur Thür hinaus!

Visitator. Mein Freund! belieb er nur das Maul zu halten. Ich bin hier in Amtsgeschäften.

Robert. Amtsgeschäfte? Seit wann ist meines Vaters Haus zum Zollhaus geworden?

Visitator. Verstehn Sie mich recht, Sir! Es gehört mit zu meinen Amtsgeschäften, meinen werthen Prinzipal, den Mäster Samuel Smith mit Thätigkeit und Schnelligkeit zu bedienen. So oft ich mich ein Viertelstündchen, oder auch nur ein Minutchen, oder auch nur ein Secundchen vom Zollhaus wegstehlen kann, so oft eile ich geschwind, geschwind hieher —

Robert. Und jezt ersuche ich Sie mein Herr, geschwinde, geschwinde von hier wegzueilen.

Visitator. Wenn ich nur aber erfahren könnte, warum?

Jack. Weil es mir dermalen in den Fäusten juckt und prickelt, als säße mir an jeder Fingerspitze eine Wunde, die zuheilen will.

Visitator. Nun so würden Sie es vielleicht nicht übel nehmen, wenn ich mich Ihnen eiligst und schleunigst empfehle?

Robert. Ganz und gar nicht. Je eiliger Herr, desto besser. (Visitator ab)

Neunter Auftritt.

Gurli. Robert. Jack.

Jack. Was meint Ihr Sir? soll nicht auch der alte Jack draussen vor Anker legen, und warten, bis Ihr ihm ein Signal gebt?

Robert. Nein, Du kannst bleiben.

(Gurli

Ein Lustspiel.

(Gurli hat während dieser Zeit in einem Winkel gestanden, und geschluchzt.)

Robert. Was fehlt Ihnen Miß?

Gurli. Ein Mann.

Robert. So heirathen Sie meinen Bruder Samuel.

Gurli. Den mag ich nicht! ich will Dich haben.

Robert. Warum denn gerade mich?

Gurli. Das weiß Gurli selbst nicht. Du bist ein böser Mensch, Du machst, daß ich weinen muß, und doch lieb ich Dich. Sieh nur Bruder Robert, schon seit vielen Wochen war mirs immer, als ob mir etwas fehlte, und da sagte mein Vater, Gurli müsse einen Mann nehmen. Nun wollte Gurli das auch gerne thun, und da fragte mein Vater, welchen Mann ich haben wollte? das war Gurli alles einerlei. Aber seitdem Gurli Dich gesehen hat, ist's ihr nicht mehr einerlei.

Robert. Beinah mir auch nicht.

Gurli. Heirathe mich immer! ich will Dich mehr lieben als meinen Papagei und meine Katze. Ich will Dich streicheln, wie mein Kätzchen, und füttern, wie meinen Papagei.

Robert. Von Dir liebe Gurli, gestreichelt und gefüttert zu werden, ist freilich keine üble Aussicht in die Zukunft.

Gurli. O wie wollen wir so vergnügt zusammen leben, Du und ich, mein Vater und mein Papagei, Liddy und meine Katze.

Robert. Ja, ja, wenn nur — verdammt! es kömmt mir vor, als sei das nicht recht ehrlich gehandelt. Dein süßes Geschwätz wird mein Gewissen in den Schlaf singen. Höre Gurli, kannst Du auch lügen?

Gurli. Lügen? Was ist das?

Robert. Anders reden als Du denkst.

Gurli. Ha! ha! ha! Nein, das kann Gurli nicht. Aber, wenn Dir ein Gefallen damit geschieht, so will ichs lernen.

Robert. Bewahre der Himmel! sage mir aufrichtig, wenn Bruder Robert Dich nun durchaus nicht heirathet, wirst Du dann doch noch den Bruder Samuel nehmen?

Gurli. Nimmermehr! nimmermehr wird Gurli den närrischen Samuel heirathen; Gurli kann ihn nun gar nicht mehr leiden.

Robert. Aber — aber beim Teufel! seinem Bruder ein Bein unterzuschlagen, ist doch bübisch! Jack, was meinst Du? darf ein ehrlicher Kerl mit gutem Gewissen die Prise da wegkapern?

Jack. Ihr müßt am besten wissen, wie tief Eure Fregatte im Wasser geht. Aber was Euren Bruder betrift, Sir, da würde ich mir nicht so viel draus machen, als aus einem verschimmelten

Zwie=

Zwieback. Der ſtrotzt auf dem Oberloof herum, mit ſchamerirtem Wams, und allerhand Trararum, aber ich wollt es keinem braven Mädel rathen, ihn an Bord kommen zu laſſen.

Robert. Das denk ich auch Jack. Das arme unſchuldige Mädel würd' eine garſtige Fahrt haben. — Topp Gurli! ich heirathe Dich.

Gurli. (an ſeinem Halſe) Nun biſt Du mein lieber Bruder Robert! nun wird Gurli wieder lachen, und hüpfen und ſpringen!

Robert. Warte! nun biſt Du meine Braut, und da muß ich Dir einen Ring ſchenken. Er iſt freilich nicht viel werth, nur von Golde, aber er bedeutet eben ſo viel, als der Pitt in unſers Königs Schatz. Da nimm!

Gurli. Was ſoll ich damit machen?

Robert. Steck ihn an den Finger. So. Das bedeutet, daß ich Dich liebe.

Gurli. Ha! ha! ha! Du drolliger Menſch, ich will Dir auch einen Ring holen, und das bedeutet, daß ich Dich wieder liebe. Nicht wahr?

(Sie hüpft in ihr Zimmer.)

Zehnter Auftritt.

Robert. Jack.

Robert. Jack, was meinſt Du? lieg' ich auf gutem Ankergrunde, oder ſitz' ich zwiſchen den Klippen?

Jack.

Jack. Da müßt Ihr das Senkblei in Euer eigen Herz fallen lassen.

Robert. Aber ein schmuckes Mädel, nicht wahr? Sag mir nur Jak, wie hat die kleine Wetterhexe es angefangen, mich so schnell unter ihren Spiegel zu bringen?

Jack. Das weiß ich nicht. Ich stand nicht am Steuerruder, und hab auch den Kurs nicht gerichtet.

Robert. Indessen ehrlicher Kamerad, will ich gern Deine Meinung nach ihrer Länge und Breite hören. Wir sind in so manchen Buchten und Winkeln zusammen gewesen; Du kennst mich inwendig und auswendig so gut als Deine Hangematte; Du hast mich auf Deinen Armen getragen, als ich noch kein Schiffthau spitzen konnte; sag mir frank und frei, was denkst Du von der Geschichte? Das Mädel ist hübsch, gut, und hat 10000 Pfund Sterling.

Jack. Ja, ja, Sie ist ein schmuckes, aufgeräumtes Mädel, die Ihren Compaß versteht, oben gut ausstaffirt, und unten wohl beplankt ist, aber —

Robert. Nun aber? heraus damit!

Jack. Lieber Gott! es ist mit den Weibern, wie's ist; kein Grund ist nicht darinn zu finden. Wär ich an Eurer Stelle, so würde ich sprechen: Ich sehe wohl, wo das Land liegt, aber ich will verdammt sein, wenn ich die Spitze nicht vorbei segle.

Robert.

Ein Luſtſpiel.

Robert. Ich kann nicht Jack, ich habe meine Takelage eingebüßt.

Jack. Das iſt ſchlimm!

Robert. Ich fürchte beinahe, ich werde Kiel über Waſſer kehren müſſen.

Jack. Das iſt ſehr ſchlimm! da geht Ihr ohne Rettung zu Grunde.

Robert. Ich ſollte doch nicht denken; Jack, ich hoffe noch immer in ſtilles Fahrwaſſer zu kommen. Sieh nur, das Mädel iſt gar zu brav! Ihre Seele trägt Sie im Auge, und in Ihrem Auge iſt kein Falſch; Ihr Herz ſchwebt auf Ihrer Zunge, und Ihre Worte ſind reiner Firnewein, ſüß wie der Saft der Cocosnuß.

Jack. Aber einem Weibe iſt ſo wenig zu trauen, als einem Waſſerwirbel zur See; Anfänglich iſt das ein Leben voll Juchhe und Heiſa! aber ſegelt Ihr nur einmal gegen den Strom Ihrer Neigungen, gleich fängt der Sturm an zu heulen aus Süden und Norden, aus Weſten und Oſten. Und dann bedenkt einmal Sir! jetzt regiert Ihr Euer Schiff wie es Euch beliebt, Ihr lichtet die Anker, wenn es Euch einfällt, Ihr ſteuert, wohin Ihr Luſt habt; meint Ihr, wenn Ihr ein Weib an Bord nehmt, Ihr werdet das Kabeltau immer ſo lang und frei behalten, als bis hieher?

Robert. Schweig nur ehrlicher Jack! ich merke wohl, es war mir nicht Ernſt, als ich Dich um

H 5 Rath

Rath fragte, denn trotz alles dessen, was Du da vorbringst, bin ich entschlossen, meinen Strich fort zu laviren, und sollt' ich nur 6 Punkte vom Wind haben!

Jack. Glück auf die Fahrt!

Eilfter Auftritt.

Fazir. Die Vorigen.

Robert. Endlich Kamerad, bekömmt man Dich einmal wieder zu sehen. Wo Teufel hast Du gesteckt, seit wir diesen Mittag das lezte Glas Porter zusammen leerten?

Fazir. Ich war auf unserm Schiff. In dieses Haus wollt' ich nie wieder kommen, und nun bin ich doch wieder hier, ich weiß selbst nicht, wie das zugeht.

Robert. Auf dem Schiffe warst Du? ist unser Volk brav lustig?

Fazir. Nur zu lustig. Ihre Freude jagte mich wieder fort, denn ich konnte mich nicht mit freuen.

Robert. Warum denn nicht?

Fazir. Wie Du auch fragen kannst! Sieh Robert, es ist närrisch zu erzählen. Ich gieng in meine Kajüte, und legte mich in meine Hangematte, und sah hinauf an die Decke, wie ich während unserer Reise jeden Morgen beim Erwachen zu thun pflegte. Da hat nun der Strick, mit welchem die Hangematte oben

oben an der Decke befestigt ist — aber Du mußt mich nicht auslachen.

Robert. Nein, nein, nur weiter!

Fazir. Nun die Schleife des Stricks hat ein L gebildet, es sieht so aus, wie ein L.

Robert. Ja, ja, die Liebe ist im Stande, das ganze Alphabeth draus zu machen.

Fazir. So oft, wenn ich des Morgens erwachte, und hinauf sah, an dieses L, so freute ich mich, meine Gedanken schweiften weiter, als meine Augen, und das L hielt mich manche Stunde fest im Bette. Ach! heute hat mich das L zum erstenmale herausgejagt.

Robert. Armer Junge! Was meinst Du Jack? dem läßt sich nicht helfen.

Jack. Der hat schwer geladen. Er muß die Liebe über Bord werfen, sonst geht er unter.

Fazir. Lieber Robert, wirst Du bald wieder absegeln?

Robert. Narr! ich habe ja noch nicht gelöscht, und dann muß ich erst wieder für neue Fracht sorgen.

Fazir. Wie lange kann alles das dauern?

Robert. Sechs Wochen aufs wenigste.

Fazir. Sechs Wochen? Ach Robert! dann ist der arme Fazir schon lange todt! warum blieb ich nicht in meinem Vaterlande? so wär ich doch zugleich mit meinen Brüdern gestorben? Hier muß ich allein

ster=

sterben! Dort hätte doch noch hie und da eine gute Seele um mich geweint, hier wird niemand um mich weinen.

Robert. Junge, Du machst mir das Herz weich! wenn Dich das trösten kann, daß Libby allem Anschein nach, einen sehr braven Mann heirathet —

Fazir. Das sollte mich freilich wohl trösten — aber es tröstet mich doch nicht! ich bin auch brav, nicht wahr?

Robert. Aber nicht reich.

Fazir. Pfui Robert! hab' ich Dich nicht oft sagen hören: Ehrlichkeit ist besser als Reichthum?

Robert. Ganz gewiß, aber die Ehrlichkeit nagt nur an den Knochen, die der Reichthum unter den Tisch wirft.

Fazir. Wenn auch; mir kömmt es vor, als würde ich an Libbys Seite nie gehungert haben. Erinnerst Du Dich noch des armen Negersklaven: als wir einmal auf Jamaica zusammen spazieren giengen. Er arbeitete an einer Zuckerplantage; ihm lief der Schweiß die Stirne herab, ein Wasserkrug stand neben ihm, und doch sang er heiter und froh ein mohrisch Lied. Guter Freund, sprachst Du zu ihm: das ist ein schwer Stück Arbeit. Ja wohl, gab er zur Antwort, und trocknete sich den Schweiß mit der flachen Hand. Nun gab ein Wort das andere. Wir fragten ihn, wie er bei seinem harten Schicksale noch so zufrieden lächeln könnte?

Da

Da zeigt er ein Paar hundert Schritte weiter hin auf einen Busch, unter dem Busche saß ein schwarzes Weib, mit drei kleinen halb nakten Kindern, das jüngste lag an ihrer Brust. Und als der Negersclave mit dem Finger dahin zeigte, sah er so innig vergnügt dabei aus — nein, solch ein Lächeln schmückte nie das Gesicht eines Königs! — Ach hätte Liddy nur gewollt! Fazir würde gearbeitet haben, wie jener Sclave — und gelächelt, wie er.

Robert. (dem es ganz weich ums Herz geworden) Komm! komm! wir wollen ein Paar Flaschen Wein zusammen ausstechen.

Fazir. Ich mag nicht. Ich mag weder essen noch trinken. Ich will mich zu Tode hungern.

Zwölfter Auftritt.

Gurli. Die Vorigen.

Gurli. (mit einem Diamantring an der Hand) Nun da bin ich. (Sie erblickt Fazir, bleibt eingewurzelt stehn, und sieht ihm starr und sprachlos ins Gesicht.)

Fazir. (fährt eben so bei ihrem Anblick zusammen, und in seinen wild auf sie gehefteten Augen malen sich Schrecken und Erstaunen.)

Robert. Nun? hat Euch beide ein Blitzstrahl gerührt?

Gurli.

Gurli. (bebend) Bruder Robert siehst Du da etwas stehn?

Robert. Ja freilich.

Gurli. Siehst Du es wirklich?

Robert. Nun ja doch, ich bin ja nicht blind.

Fazir. Robert, siehst Du den Geist?

Robert. Ich seh einen Narren, und der bist Du.

Fazir. Lieber Robert, dieser Körper gehörte ehmals meiner Schwester Gurli; frag ihn, welche Seele seit Ihrem Tode hinein gewandert ist?

Robert. Deine Schwester?

Gurli. Ja, ja, Robert, dieser Geist hieß ehmals Fazir, und war mein Bruder — ach mein lieber Bruder!

Robert. Ich begreife — Kinder, haltet Eure 5 Sinne beisammen! erst solch ein Schrecken! und nun solch eine Freude! — Ihr seid nicht Geister-Kinder, ich bitt Euch, werdet nicht närrisch! — umarmt Euch! Bruder Fazir und Schwester Gurli!

Fazir und Gurli. (zugleich) Nicht Geister? (Sie nähern sich einander mit ausgebreiteten Armen.)

Fazir. Lebst Du wirklich Gurli? ⎫
Gurli. Lebst Du, mein Fazir?   ⎬ zugleich.
                                     ⎭

Robert. (sehr bewegt) Was meinst Du Jack?

Jack. (sich eine Thräne aus dem Auge wischend) Land! Land!

Robert.

Robert. Recht Jack! nie hab' ich das empfunden, wenn ich nach einer langen, gefährlichen Reise unverhoft Land erblickte!

Fazir und Gurli. (plötzlich in ausgelassene Freude übergehend) Er lebt! Sie lebt! Schwester Gurli! Bruder Fazir!

(Hier kann der Dichter dem Schauspieler nichts vorschreiben, Sie hüpfen, tanzen, springen, singen, lachen und weinen wechselsweise. Freude ist immer schwer nachzuahmen, am mehrsten die Freude unverdorbner Naturmenschen. Robert und Jack stehen schweigend und laben sich an dem wonnevollen Schauspiel.)

Dreizehnter Auftritt.

Musaffery. Die Vorigen.

Musaffery. Ich höre Deine Stimme Gurli — aber — was —

Fazir. Auch Musaffery —

Musaffery. Fazir! — Du lebst! — (Er drückt ihn mit Ungestümm an seine Brust) Wie ist mir? — wo bin ich? — mein alter Kopf — ja, ja, er lebt! — außer sich) Wir wollen ein Pongol feiern! wir wollen Reiß mit Milch kochen! (indem er die Hände hoch hebt, und sich dreimal tief zur Erde bückt) Brama sei gelobt! Brama sei gelobt! wo ist mein Herr? — wo ist Kaberdar? — wir wollen einer

Kuh

Kuh die Hörner bemahlen! — wir wollen sie mit Blumen kränzen! —

Fazir. Kaberdar! — was spricht Er? — Gurli! lebt auch mein Vater noch?

Gurli. Frisch und gesund! frisch und gesund! Vater! Vater!

Fazir. (außer sich) Wo? Wo? Vater! Vater!

Vierzehnter Auftritt.

Mistriß Smith. Kaberdar. Sir John von Samuel herausgefahren. Die Vorigen.

M. Smith. (im hereintreten) Ciel! welch ein pöbelhafter Lerm?..

Kaberdar. (seinen Sohn erblickend) Gott! was ist das?

Fazir. (seine Knie umfassend) Mein Vater!

Gurli und Musaffery. (um ihn herhüpfend) Er lebt! Er lebt!

Kaberdar. (seinen Sohn heftig umarmend) Du lebst? — O Brama! kannst Du mir all mein Zweifeln und Murren vergeben? Mein Erstgebohrner lebt! ich drücke ihn in meine Arme! ich habe meinen Sohn wieder! was ist Fürstengold und Fürstendiadem gegen diesen Augenblick?..

Musaffery. (sich tief zur Erde neigend) Wir danken Dir Brama! wir danken Dir!

Kaber-

Kaberdar. (Augen und Hände gen Himmel hebend) Ja, wir danken Dir in stillem Gebet.

S. John. Ein süßer froher Augenblick! Schmerzstillende Arznei.

M. Smith. Ein Roman; ein wahrer Roman!

Samuel. So scheint's mir auch. Ich zweifle noch sehr an der Wahrheit.

Robert. Gieb Dir keine Müh, Bruder! ich bürge dafür.

Kaberdar. Sprich mein Sohn! durch welches Wunderwerk bist Du unsern Mördern entgangen?

Fazir. Ich schweifte lange in der Irre umher; aber ein guter Engel leitete meinen Fußtritt. Ich wußte nicht, wohin ich gieng, noch was aus mir werden würde. Uiberall ward ich verfolgt, ohne es zu wissen, und überall entfloh ich, ohne es zu wissen. Brama hat mich erhalten.

Musaffery. (bückt sich tief) Brama sei gelobt!

Fazir. Am zehnten Tag meiner Flucht, als Hunger und Müdigkeit mich fast zu Boden warfen, stieg ich mühsam einen Hügel hinauf, und plötzlich lag vor meinen Blicken das grenzenlose Meer. Ein fremdes Schiff war eben abgesegelt, kaum einen Kanonenschuß vom Ufer entfernt. Ach! dacht ich, wär ich nur eine Stunde früher angelangt, dieses Schiff hätte mich aufgenommen, und allen Gefahren auf immer entzogen. Ich wickelte in Eil meinen Turban aus-

auseinander, ich ließ den Musselin in die Luft flattern, und winkte und schrie, so laut ich konnte, aber umsonst; das Schiff segelte mit frischem Winde von dannen. Ich war der Verzweiflung nahe; der Hunger trieb mich auf dem ungebahnten Pfade, den ich bisher gewandelt hatte, herunter an den Strand. Da sucht' ich Meerschnecken, unbekümmert, ob man mich erhaschen werde, oder nicht. Plötzlich, welche Freude! erblick ich hinter einer Felsenspitze, noch ein zweites Schiff vor Anker liegend; dessen Capitain war dieser brave Mann, (auf Robert zeigend) dem dank' ich meine Rettung und mein Leben, und meinen bisherigen Unterhalt.

Musaffery. (sich tief bückend) Brama sei gelobt!

Gurli. (auf Robert zufliegend und ihn umhalsend) O Du guter Mensch!

Robert. Possen!

Kaberdar. (Robert die Hand schüttelnd) Sir! wenn auch Sie einst Vater sind, dann werden Sie fühlen, daß für eine solche Wohlthat, der Dank eines Vaters keine Worte hat.

Robert. Bei Gott! Sir ich schäme mich: als ich den jungen Menschen da aufnahm, dachte ich weder an Dank noch an Belohnung. Ich folgte meinem Herzen, und sieh da, ich habe mir selbst einen Freund gerettet.

S. John. Umarme mich mein Sohn! — Gott segne Dich!

M. Smith. (ihm die Hand zum Kuß reichend) Mon fils, Deine noble Denkungsart, hat mich ganz enchantirt.

Robert. Liebe Mutter! meine Denkungsart war in dem Augenblick so wenig nobel, daß ich sogar fürchte, es lief ein wenig Neid und Eifersucht mit unter: den Abend zuvor hatten sich auch drei unglückliche Flüchtlinge auf das Schiff gerettet, welches neben mir vor Anker lag, und bei meiner armen Seele! ich ärgerte mich, daß der Zufall sie an meines Nachbars Bord geführt hatte.

Kaberdar. Diese drei Flüchtlinge waren wie Jener brave Mann, rettete Vater, Tochter und Freund; dieser brave Mann bringt mir auch meinen Sohn zurück.

Gurli. Nicht wahr Vater, Gurli darf diesen guten Menschen heirathen!

Kaberdar. Wenn er Dich will, von ganzem Herzen!

Gurli. Wenn er mich will! o ja er will! nicht wahr guter Robert!

Robert. (zu Samuel) Bruder! Du wirst mirs nicht übel nehmen, meine großmüthige Entsagung würde Dir zu nichts helfen, denn Dich nimmt Sie doch nicht.

Gurli.

Gurli. Nein, wahrlich nicht, närrischer Samuel; Dich wird Gurli nimmermehr heirathen.

Samuel. Es entsteht hier billig die Frage: was wird Sir Samuel Smith nunmehro anfangen? Antwort: sich hängen — wenn es die Vorsicht nur zuließe. Wer weiß, blüht ihm nicht irgend sonst noch ein Glück. (ab).

Kaberdar. Alles vereinigt sich, mir zu beweisen, daß ich nichts gewann, als der Zufall ein Diadem um meine Stirne wand; und daß ich nichts verlor, als der Zufall es wieder herunterriß. Gute Kinder, geprüfte Freunde! — was fehlt meinem Glücke? ein braves Weib! und auch das hab' ich gefunden. Madame, nur Ihre Einwilligung mangelt mir noch. Ich liebe Ihre Tochter Liddy. Zwar kenn' ich Ihre Grundsätze und Ihre Ehrfurcht für alte Familien; aber ich hoffe allen Ihren Foderungen ein Genüge zu leisten, wenn ich Ihnen versichere: daß ich regierender Fürst von Mysore war, und daß meine Voreltern schon damals mit Ehren die Waffen trugen, als Alexander der Große Indien verheerte.

M. Smith. Ich erstaune! — ein so altes Haus! — ich werde mirs zur Ehre schätzen, Sie in unsere Familie mit offenen Armen aufzunehmen.

Fazir. Ach Vater!

Kaberdar. Nun?

Fazir.

Fazir. Ach lieber Vater!

Kaberdar. Was willst Du, lieber Sohn?

Fazir. Du hast mir das Leben gegeben, und willst mirs wieder nehmen?

Kaberdar. Ich versteh Dich nicht.

Fazir. Ich liebe Liddy so sehr.

Kaberdar. So? — und Liddy? —

Fazir. Ich habe weder Tag noch Nacht Ruhe.

Kaberdar. Höre, lieber Junge, das vermag nur Liddy zu entscheiden. Freilich Du zählst kaum zwanzig Jahre, und frische Jugend blüht auf Deiner Wange. Ich hingegen trage meine fünf und dreißig auf dem Rücken. Indessen, so weit ich Liddy kenne, wird das schwerlich Ihren Entschluß bestimmen. Laß sehen, wir wollen Sie rufen. Spricht Ihr Herz zu Deinem Vortheil, so ergeb ich mich willig in mein Schicksal.

Robert. Frisch auf Jack! lichte die Anker und steure in Liddys Zimmer. Wir lassen Sie bitten, Ihren Kurs hieher zu richten.

Jack. Wohl! wohl! (ab)

Gurli. Vater! ich will Dir sagen, wen von Euch beiden Liddy heirathen wird.

Kaberdar. Nun?

Gurli. Meinen Bruder Fazir.

Kaberdar. Woher weißt Du das?

Gurli. Er ist hübscher als Du.

Kaberdar. Ach liebes Mädchen! Liddy ist nicht ein Kind, wie Du.

Robert. Ich fürchte, was diesen Punkt betrift, werden die Weiber ewig Kinder bleiben.

S. John. Es komme, wie es wolle, so seh ich doch noch vor meinem Ende zwei glückliche Paare.

M. Smith. Recht mon Cher! dieser Tag söhnt mich mit dem Glücke wieder aus, und sanft werd' ich einst zu meinen Ahnen hinüber schlummern. Blos Samuels Schicksal geht mir doch zu Herzen.

Gurli. Der arme närrische Samuel! er dauert mich doch! was meinst Du Robert? ich will ihn auch heirathen.

Robert. Zween Männer auf einmal? Nein Gurli, das verbitt ich mir.

Gurli. Nun, wie Du willst. Gurli macht sich nichts draus.

Fünfzehnter Auftritt.

Liddy. Jack. Vorige.

Robert. He da! Schwesterchen! ich wünsch Dir Glück, Du bist Braut.

Liddy. (niedergeschlagen) Ja ich bin Braut.

Robert. Aber mit wem? Das ist noch die Frage.

Liddy.

Ein Lustspiel.

Liddy. Mit wem? Mit diesem Manne hier.
(auf Kaberdar zeigend)

Robert. Halt! halt! nicht so rasch!

Kaberdar. Miß, ich entbinde Sie Ihres Versprechens. Vater und Sohn stehen hier vor Ihnen.

Liddy. (erstaunt) Vater und Sohn?

Kaberdar. Ja, dieser Jüngling ist mein Sohn! Er liebt Sie. Ich liebe Sie auch. Wählen Sie frei Gurli. (zu Liddy) Nimm den Sohn, er ist hübscher als der Vater.

Kaberdar. Ihr Herz muß den Ausspruch thun.

Liddy. (sehr verlegen) Mein Herz? — Ach! —

Fazir. (mit niedergeschlagenen Augen) Liebe Miß! —

Robert. Nun Schwesterchen wirds bald?

Liddy. Wie kann ich — ich habe ja schon mein Wort gegeben.

Kaberdar. Wenn Sie also Ihr Wort nicht gegeben hätten — so würden Sie? — (Liddy schweigt) Ich verstehe (er legt ihre Hand in Fazirs Hand) Gott segne Euch Kinder!

Fazir. (Liddy umarmend) Ach liebe Miß!

Musaffery. (bückt sich tief) Brama sei gelobt!

Kaberdar. (wischt sich eine Thräne aus den Augen) Ein einziger bitterer Tropfen! schon recht! der Freudenkelch war zu süß.

Robert. Nun Jack, was meinst Du?

Jack.

Jack. Ich meine, daß ich mein altes baufälliges Gefäß nun allein in der Welt herum boogsiren muß. Kraut und Loth ist verschossen, der Tolbord ist abgenutzt, was soll aus mir werden?

Robert. Du sollst bei mir bleiben, und so lange ich einen Zwieback habe, gehört die Hälfte Dir, bis Du einst Deine Reise glücklich endest, und in der Breite des Himmels aufgebracht wirst.

Jack. Ich dank' Euch Sir! – ich dank Euch! nun ich wünsch Euch einen schmuckes Wetter und guten Wind zur Fahrt.